Collection Terres des Femmes

Valérie Valère

ISABELLE CLERC

Valérie Valère

Un seul regard m'aurait suffi

Préface de
Françoise Xenakis

Librairie Académique Perrin
8, rue Garancière
Paris

Les textes cités de Valérie Valère sont extraits de :

Le Pavillon des enfants fous, Stock, 1979.
Malika ou un jour comme tous les autres, Stock, 1979.
Obsession blanche, Stock, 1981.
Magnificia love (inédit).

ISBN 2-262-00451-X
ISSN 0299-2477

A Valérie Valère.

PREFACE

Il est vraisemblable que Valérie Valère est née avec un panier d'exigences (prendre ce mot dans son sens noble s'il vous plaît), rempli « ras-la-gueule », et qu'un autre enfant né le même jour, si un autre spermatozoïde de Monsieur son père avait, au cours de cette fabuleuse et terrifiante remontée, rencontré l'ovule de Madame sa mère, et si cet autre assemblage — vous me suivez n'est-ce pas ? — était sorti gagnant de ce combat, l'enfant né ce même matin du 1er novembre 1961 aurait peut-être moins demandé, exigé, insulté. En vérité, bien sûr, supplié. Et n'aurait sans doute pas — harassée comme l'était Valérie Valère — réussi à se tuer à vingt ans.

« Vous m'avez jeté votre monde au visage comme un seau d'eau, je ne trouverai jamais le chemin, je suis perdue... », écrivait-elle. Car son incapacité à adhérer au monde qui lui a été d'emblée proposé, elle l'a, d'emblée aussi, transformé en écrits, le plus souvent éblouissants de mépris. Intelligente (géniale disent certains) ; ne sachant pas où commence le génie, je tais ce mot. Elle a, en un temps record, appréhendé ce qu'il faut bien, même si ça n'est pas romantique, appeler la technique, car il n'est pas une inspiration aussi magnifique soit-elle qui demeure si elle n'est pas à la fois moulée et explosée à l'intérieur d'une écriture maîtrisée. Des presciences... Des fulgurances... Ses textes en sont lourds. Des presciences, des fulgurances parfaitement, implacablement énoncées romanesquement. Elle a sciemment fait œuvre de son incapacité à vivre et, porteuse de ce don de compréhension et, plus encore, de divination, que certains météores possèdent à la naissance, elle nous a laissé des textes terrifiants de beautés noires, jalonnés de « vérités » quant à l'humain, sur lesquels tous les psys du monde planchent encore besogneusement. Elle, elle savait et elle en est morte à vingt ans.

Pourtant, elle a essayé de vivre, Valérie Valère. Il me revient très fort son regard, il lui arrivait — elle avait dix-sept, dix-huit ans alors — de chercher encore un regard, et, lorsqu'elle le trouvait, d'y répondre en souriant. Oui, en souriant un instant...

Oui, elle a essayé de vivre avec excès, comme tout ce qu'elle a fait. Alors, elle a choisi le plus dur et elle, qui titubait d'horreur à l'idée de se cogner contre nous, nous qui « aveugles des yeux et des oreilles et de la cervelle que nous sommes » (Sophocle, *Œdipe roi,* vers écrits vers les 430 avant J.-C.), elle a été actrice. Elle, qui avait peur de la lumière et de nous, s'est ainsi montrée, exhibée — disait-on autrefois. Plus, elle s'est inscrite à l'Ecole du Cirque. Là, elle pouvait, radieuse enfin, marcher sur un fil sans risquer de nous frôler, accrochés que nous sommes au sol, nous les humains qui acceptons et vivons une vie — quitte à tricher sans cesse — qu'elle, elle rejetait de tout son être...

Valérie Valère — en combien ? cinq ans ? — a été la quintessence exacerbée de toutes les douleurs qui poussent un humain à écrire. Bien sûr, comme ça, avec le recul, on se dit qu'on aurait pu... On aurait dû... Car il y avait certes des petits bourgeons de vie chez elle, des regards, je l'ai déjà dit... Un rosissement des joues quand un mot exprimé sur un de ses textes lui faisait chaud un instant. Alors, cela relève de la « non-assistance à personne en danger » ? Pardonnez-moi, mais je crois que

Valérie Valère a fait partie de cette frange d'humains qui, à chaque instant, dirigent, maîtrisent leur vie pour l'arrêter à l'heure qu'ils ont décidée. Elle, ce fut à vingt ans.

Parce que là, il lui est arrivé une nouvelle terreur, une autre terreur, car celle de la « non-vie » qui lui était échue, elle faisait finalement « avec ». Et peut-être même qu'elle aurait, comme beaucoup, patienté pour finalement atteindre l'âge adulte et son engourdissement. Parce que cette « non-vie », elle la transposait en œuvre littéraire... Peut-être même a-t-elle cultivé sa haine quant à sa mère pour s'extraire plus vite, plus fort, son œuvre. Mais oui, il lui est arrivé une nouvelle terreur, CELLE DE NE PLUS AVOIR RIEN A ÉCRIRE. D'avoir fini et ÇA, elle ne l'a pas supporté. Car en effet, là, il ne lui restait plus rien.

Bien sûr, il y aura toujours les romantiques qui s'identifieront à son hurlement et qui, rassurés dans l'heure (assez confortable « c'est comme moi »), continueront d'invectiver la famille de Valérie Valère, entretiendront la haine qui semblait presque l'avoir quittée, elle. Du moins, elle semblait l'avoir dépassée. Et puis, bien sûr, il y aura toujours les psys, agrégés en tout ce que vous voulez, qui diront, affirmeront, écriront et peut-être même que c'est « vrai » — mais que veut dire vrai ? — qu'elle était « une névrosée perverse ». Pourquoi pas ? Et alors ? Elle est morte brûlée, rongée par son refus de vivre avec nous, parmi nous. De là à ce que tous les fragiles « de quelque part » (terme éminemment psy) lui dressent un mausolée où ils lui apporteront — croient-ils — des offrandes, et où, recueillis, ils viendront s'incliner certes sur elle, mais beaucoup sur eux-mêmes, il y a là un pas qu'il serait facile et ridicule de franchir.

Mais lire ses textes, tous ses textes, est essentiel. Essentiel pour les mères. Quoi qu'elles fassent, elles font certes tout mal, mais il y a une ou deux choses que, si elles le désirent, elles pourraient percevoir dans ses textes, à condition qu'elles ne soient pas de ces mères qui existent encore : savez-vous que là où on excise les petites filles, il arrive que ce soit les mères qui exigent cette excision au nom du : « Je l'ai bien été, pourquoi pas elle... »

Essentiel pour les jeunes s'ils sont nés matures. Essentiel enfin de lire ces textes parce que ce mal à vivre qui ronge la plupart des jeunes — qui est peut-être nécessaire — elle, elle en a fait des mots, des histoires, des cris, parfois aussi beaux que les poèmes de Rimbaud, un autre météore s'il en est.

Françoise XENAKIS.

Valérie est née à l'automne quand le roux des feuilles marque la mort qui les gagne, au temps de la Toussaint, quand toute végétation se prépare à rentrer sous terre, à retourner au chaos de la matière brute. La nature entière se décompose, se détruit, meurt pour renaître.

Irruptions et effondrements, drame de l'incarnation, symbolisent le Scorpion, signe astrologique de Valérie, « signe meurtrier et fécond où la vie ne peut renaître si le grain ne meurt ».

Le scorpion est le seul animal à posséder un dard mortel qu'il peut, si les circonstances lui sont par trop défavorables, retourner contre lui-même. Sa queue est gorgée d'un venin qui alimente un aiguillon toujours bandé et prêt à piquer qui le frôle de trop près.

Une légende du Mali a donné la parole au scorpion : « J'ai deux cornes et une queue que je tortille en l'air. Mes cornes se nomment l'une violence et l'autre haine. Le stylet de ma guerre s'appelle poinçon de la vengeance. Je ne mets au monde qu'une fois : la conception qui est chez les autres signe d'augmentation est chez moi le signe d'un prochain trépas. »

A suivre Valérie, nous pénétrons dans un univers de feu. Ici, les sentiments ne sont pas tièdes. Ils brûlent, régénèrent.

D'elle, on pourrait dire ce qu'Artaud avait dit de Van

Gogh : « Suicidé de la société. » Ce lent suicide, cette force de mort parce que la vie ne convient pas (mais aussi ce que cette vie pourrait être), Valérie les décrit avec des mots qui nous parlent, des mots d'aujourd'hui.

Elle a dénoncé le faux bien avant que des revues intitulées *l'Ere du faux* ne soient publiées. Elle a vomi le monde une quinzaine d'années avant que ne s'expose dans les vitrines des librairies *le Dégoût* sur papier glacé.

Elle est née la veille du jour des morts.

Ce mercredi 1er novembre 1961, les journaux annoncent trente morts et soixante blessés en Algérie, des discussions passionnées à Moscou à propos du transfert du corps de Staline, l'explosion d'une bombe au plastic place Maubert, et celle de la superbombe soviétique... Aux Nations unies, le Japon invite les Etats-Unis à ne pas reprendre leurs essais nucléaires dans l'atmosphère et, à la rentrée du parlement britannique, Harold Macmillan condamne avec vigueur la récente explosion atomique soviétique...

Mais cela, ces informations-là, n'intéresseront jamais Valérie : « La politique, je ne sais même pas ce que ça veut dire. Je n'y comprends rien, ça ne m'intéresse pas du tout. »

Elle poursuivra une autre quête.

Ce 1er novembre, temps frais et brumeux le matin. Après une nuit froide, le thermomètre est descendu à 4° C. Les prévisions météorologiques du *Monde* annoncent que les formations brumeuses nocturnes seront nombreuses. Que leur dissipation n'interviendra que lentement mais qu'ensuite le temps sera finalement assez beau.

Brumes.

Valérie tentera par tous les moyens, la maladie, l'écriture, la mort même, de dissiper ces brumes qui entourent sa naissance, son enfance. Revenir à l'origine, reconstituer inlassablement les éléments épars du puzzle, hurler ce qui ne se dit pas parce que trop forte est la douleur de vivre.

A ses parents, à la fonction de parents en général, et, par extension, au monde, Valérie déclare la guerre. Elle espère une riposte de l'adversaire. Il n'est pas de taille à lui répondre. Elle n'atteindra pas cette autonomie qui ne peut jaillir que de la lutte. Jusqu'au bout, *ils* demeurent murés dans leur *ivoire protecteur.*

Parents, je vous accuse et je vous accuserai toujours... Vous m'avez mise au monde et je ne suis pas au monde... Ce premier bain, cette eau polluée de médiocrité, de mesquineries, de mensonges, dans laquelle vous m'avez trempée, a brouillé ma vision... Des autres, je ne perçois que cette médiocrité... Je suis une handicapée. Votre indifférence m'a paralysée... Je ne suis pas dans un fauteuil roulant mais c'est tout comme : je ne peux tendre les bras vers personne et c'est la plus grande souffrance qu'un être humain puisse endurer.

L'orexie est l'action de tendre les bras. Par extrapolation, ce qui s'élève, le désir.

Anorexie veut dire le contraire, manque d'appétit névrotique.

Anorexie veut dire refus.

Et Valérie ne dira que cela. Mais « cela » est énorme. Elle parle pour tous les enfants du monde, grands ou petits. Tous ceux qui voyagent de l'utérus au tombeau sans un éclat de rire et se demandent parfois où les mène cette torture qu'ils s'imposent. Ils voient passer de superbes journées. Mais comme à travers un voile. Elles ne leur servent à rien. Ils traînent leurs jours, ils n'accrochent pas aux jours. Qui ne font que passer. C'est tout.

Quelque chose n'adhère pas, n'accroche pas, n'écoute pas mais entend. Ce quelque chose crispe les muscles des cuisses, croisées, serrées l'une sur l'autre, genoux emboîtés. Ces enfants-là haïssent les familles, les écoles, les bureaux.

Ils ont l'impression que la vie s'y meurt, que les protagonistes s'y perdent en bavardages futiles qui ne riment à rien et se transforment, avec le temps, en tics nerveux, gestes uniformes. Par la vitre, ils ne voient que des vitres et le rectangle du ciel ne leur dit plus rien. Ils demandent tout le ciel, nu et non découpé d'immeubles. Ils demandent beaucoup. Ils sont là et pourtant absents. Ils sont toujours en dehors, toujours à l'écart, toujours dans la marge, cette colonne blanche où rien ne s'écrit, ce désert, ce *no man's land.*

Et pourtant...

— Valérie Valère, vous connaissez ?

Temps d'arrêt, de recueillement presque, marqué par un pli entre les sourcils.

On connaît, on croit connaître :

— Une comédienne, je l'ai vue récemment dans...

Confusion. C'est de Simone que vous parlez, Simone Valère. Valérie, elle, est morte.

Morte à vingt et un ans, il y a quatre ans, par une nuit d'hiver alors que nous allions célébrer, croyants ou incroyants, la naissance du Christ.

Née la veille du jour des morts et décédée la veille de la naissance de la lumière. Et le temps, pourtant si court, de dire l'essentiel.

Valérie Valère, nous connaissons. Toute une génération s'est identifiée à Valérie...

Qui reçoit encore des lettres.

Et dont l'œuvre se prolonge au théâtre, au cinéma.

Pourtant, il n'est pas facile de ressusciter, « d'incarner », celle qui a mis tant d'acharnement à bannir la chair et son cortège d'événements terrestres, journaliers Celle dont impresarii, metteurs en scène, éditeurs... disent qu'elle est restée pour eux une énigme.

Pas plus que le Sphinx, Valérie ne répondait aux questions.

1

Pas de jouets pour cet enfant-là

Valérie est née dans un estuaire compris entre la Seine et le métro aérien, entre deux rapides, l'un charriant ses débris, l'autre ses hommes pressés. Elle est née à Paris, dans le XVe arrondissement, de parents trop pressés, eux aussi, pour s'en apercevoir. Du moins pour la voir comme elle l'aurait voulu. Dans la bousculade de la vie, ils avaient oublié qu'ils ne souhaitaient pas de second enfant. Valérie, elle, se souviendra pour eux qu'elle n'a pas été désirée.

On s'était mariés par souci des convenances. L'opinion publique — la doxa [1] — compte beaucoup, compte d'abord. Il s'agit de présenter aux yeux des autres une image claire de soi-même. On a caché sa dérive rebelle et l'on s'accommode, apparemment, du rôle qui vous est imparti. Que la façade soit convenable ; pour le reste on verra.

Un couple, deux enfants, père ingénieur, mère secrétaire, appartement bourgeois avec table de ferme rustique, chaises imitation Louis-XIII et tentures de velours rouge. Les parents dorment dans le double living. Chaque enfant

1. Du grec *doxa* : gloire.

a sa chambre et la lumière pénètre à flots par les grandes baies vitrées.

Les apparences sont sauves. Une famille normale, comme il en existe des milliers. Une famille que le temps aurait engloutie comme les autres si un enfant, longtemps muet ou presque, ne s'était un jour mis à crier à son tour : « Familles, foyers clos, je vous hais !... »

Si cet enfant, qui avait trop souffert, ne s'était pas acharné à révéler le négatif de la belle photo, à gratter furieusement avec ses mains nues la façade que l'on croyait si bien ravalée.

Derrière laquelle on avait rangé ses petites misères, ses illusions perdues, ses rêves inaboutis, ses excentricités.

Certaines familles sont damnées. Le malheur de vivre s'offre en cadeau de naissance et le poids de la malédiction se transmet à travers les générations. Valérie avait beau dire que les parents ne devraient pas exister, tout parent a eu des parents. Elle évoque à peine ses grands-parents mais suffisamment, non pour excuser ses parents, mais pour leur donner un éclairage supplémentaire. Et eux, mes parents, comment ont-ils été marqués ? Quels mots, quels gestes ? Bref, quelle éducation ont-ils reçue pour m'en avoir si peu donné ?

Elle ne les porte pas dans son cœur. Un soir, elle affirme même, lors d'une conversation sur les aïeuls, après son cours de danse :

— Les grands-mères, ça dit toujours des bêtises.

Valérie a quinze ans. Elle vient de rédiger *le Pavillon des enfants fous.*

Sa grand-mère paternelle est veuve. Elle élève seule son fils.

Cette grand-mère-là cultive une passion pour les jeunes garçons. Son hobby, son jardin secret. Elle sait toujours accueillir les amis de son fils lorsqu'il les ramène avec lui après les cours des Jésuites. Les tasses de chocolat sont chaudes, plus tard, le thé sera servi et la table de bridge dressée. Mère et fils ont le même goût car lui aussi préfère les jeunes gens. Un penchant qui, après tout, ne devrait pas faire obstacle à la carrière qu'il a choisie. Les libertés de l'artiste sont admises. Peintre et homosexuel, ça ne choque pas. Alors, comme il rêve d'être peintre... Mais le rêve manque de puissance. Il ne réussit pas à l'imposer à cette mère qui, d'office, l'inscrit à l'ESSEC : tu seras ingénieur, mon fils.

Il aimait les hommes mais il épousera une femme. Peintre du dimanche entre deux aventures féminines — il a perdu le goût des jeunes gens — il accrochera ses toiles aux murs de l'appartement.

Quant à sa grand-mère maternelle, chez qui Valérie et son frère, comme la plupart des enfants, passaient leurs jeudis et leurs samedis, elle a un grief contre sa fille. Elle ne lui a jamais pardonné d'avoir eu peur de rester paralysée d'une jambe après l'accouchement : « Tu seras toujours une moins que rien, lui répétait-elle, tu es laide, paresseuse, tu ne sauras jamais séduire les hommes... »

Des mots qui marquent évidemment et que, le moment venu, l'on transmettra à sa propre fille.

Déçue par une première aventure amoureuse qui donne raison à maman-Cassandre, elle épouse l'ingénieur :

Il n'en fallait pas plus pour se jeter dans les bras du premier venu et pondre *deux affreux petits bébés... Dont* moi. *Après le mariage, bien entendu : sa mère lui avait formellement défendu de caresser les* seins *d'un monsieur sans qu'au préalable celui-ci lui ait passé l'horrible maillon de la chaîne qu'ils appellent respectueusement une alliance.*

A l'époque, cette fin des années 50, on avait encore du respect pour ces choses-là. Le concubinage ne s'afficherait qu'après 1968. Et si Catherine Deneuve avait le droit d'attendre un enfant de Vadim sans vouloir se marier, c'est parce qu'elle était un être à part, une star.

L'histoire de Valérie commence il y a un quart de siècle à peine et nous parlons d'un autre temps. Autre atmosphère.

En ce temps-là, on se mariait et on avait des enfants sans se poser trop de questions à leur sujet. On n'étudiait ni Winnicott, ni Dolto, ni Dodson dont le titre *Tout se joue avant six ans* tombe comme un couperet. On était loin d'imaginer que les effets de la psychanalyse allaient découdre la bouche des enfants et que certains, tel Fritz Zorn dans *Mars,* expliqueraient publiquement avant de mourir comment l'éducation reçue leur avait donné la mort au lieu de la vie. Comment l'aisance matérielle au bord du lac de Zurich et l'apprentissage des bonnes manières ne correspondaient pas à l'attente de cet enfant qui, en manque d'essentiel, meurt d'un cancer. La bébolâtrie, ou culte du bébé, est récente. Nous n'en connaissons pas les résultats.

Au début des années 60, les lecteurs de *Marie Claire* découvrent pour la première fois le mystère de la naissance en photos. En même temps paraît le premier volume de la bible de Laurence Pernoud, *J'attends un enfant.*

Les films qui sortent alors évoquent, c'est nouveau, une certaine liberté de la femme. Dans *Jules et Jim,* Jeanne Moreau aime deux hommes et Cléo vient juste d'officialiser le cinq à sept.

Tandis que mille objets apparaissent sur le marché, de la mousse à raser à la machine à laver, au vêtement cool... une bande de garçons, les « Situs », prend l'université de Strasbourg. L'imagination commence à se frayer un chemin vers le pouvoir. Elle commence seulement... Plus tard, des années plus tard, chacun pourra parler de soi, crier, affirmer, rejeter, publier au nom du vaste mouvement de libération des opprimés. Et Valérie chantera tous les amours interdits. Et encore plus tard, des lois seront promulguées en faveur des femmes, des homosexuels, des immigrés... Plus tard.

Quand les parents de Valérie se marient et la mettent au monde, la brèche ouverte par l'air du temps est encore invisible. « La société du spectacle », selon la formule de Guy Debord, l'un des « situationnistes », adhère aux valeurs en cours, incarnées par le général de Gaulle et tante Yvonne, ou plutôt de Gaulle et la télévision : « Le couple de Gaulle-télévision constitue le vrai repère des années 60. C'est à travers eux que les Français se regardent, découvrent la vie du monde et réapprennent leur passé. De Gaulle et ses fidèles projettent sur les écrans la France dont ils rêvent, une France héroïque, sourcilleuse quant à son indépendance et soucieuse de sa place dans le monde [1]. »

A cheval entre le boom des transistors et celui des ordinateurs, les postes de télévision se multiplient. En 1962, 23 p. cent des foyers en possèdent un, contre 78 p. cent en 1973.

Chez Valérie, on dîne en regardant la télé. Mais les nouvelles du monde ne couvrent pas les disputes des parents qu'aucun carré blanc n'intimide. « Salut les copains », l'émission de Filippacchi et de Frank Ténot, que chacun écoute de cinq à sept en rentrant de l'école, ne réussit pas non plus à neutraliser les effets de la haute tension qui rendent parfaitement irrespirable l'air de l'appartement.

Happée par son passé, tirée en arrière malgré elle, Valérie regarde avec effroi l'instant où elle a été conçue. Elle ne supporte pas, et jamais n'acceptera, d'avoir été créée entre deux scènes de violence, de n'avoir été que l'instrument temporaire d'une accalmie, d'avoir servi en quelque sorte des desseins qui ne la prenaient pas en compte, elle, Valérie, née par inadvertance d'une fantaisie passagère de deux adultes qui ne savaient pas

1. A.M. Métaillé, *les Années soixante.*

l'importance de ce qu'ils faisaient. Et qui, de plus, le reconnaissent, le disent. Génétiquement, quoi qu'il arrive, ses parents qui se sont unis au début de sa vie ne disparaîtront jamais. Il faudra les porter mais le poids sera trop lourd.

Tout enfant pose un jour à ses parents la question du pourquoi de son existence. Une façon de mesurer l'amour. Il n'est pas toujours facile de rendre des comptes au petit, à la petite, de se remémorer ce moment lointain, d'en fournir une explication claire.

Les pourquoi sont parfois dérisoires. Exemple extrême : cette panne d'électricité à New York (1969) qui, pendant plus de vingt-quatre heures, a paralysé le fonctionnement des ascenseurs. Bloqués dans leur gratte-ciel, beaucoup de couples ont alors conçu des bébés qui, neuf mois plus tard, feraient la une des journaux. Ce petit boom provoqué par le black-out et mis en équation par les statisticiens amusa beaucoup. Personne n'y vit malice. Pourtant, son origine très futile prouvait par l'absurde que les raisons de « faire » un enfant ne sont pas toujours nobles.

De l'enfant consécration de l'Amour, tel qu'il surgit à la fin des contes de fées à l'enfant conçu pour cause de panne d'ascenseur, toutes les nuances existent. L'enfant-aboutissement-normal du couple, l'enfant-ciment du couple, l'enfant-exorcisme de la séparation (celui dont la naissance conjure le fantôme du divorce). Tous, enfants nés pour des raisons qui leur sont étrangères, tous, qu'ils parlent ou se taisent, portent le poids de cet instant crucial qui a déterminé leur vie.

Aujourd'hui, Françoise Dolto, dans son manuel *Lorsque l'enfant paraît* (1975), rassure les parents. Voilà ce qu'il faut répondre au pourquoi : « Tu es né parce que tu voulais naître et que nous voulions aussi un enfant. Nous nous sommes rencontrés tous les trois et tu as commencé à pousser dans mon ventre. » Belle histoire d'amour à trois. La force d'attraction des cellules germinales mâles et femelles serait désir de naître. Le rôle des parents consisterait à aider l'enfant à assumer son choix.

Valérie ne connaîtra jamais cette sensation d'avoir choisi de naître, elle sera comme ce poète arabe qui avait fait graver sur sa tombe, à côté de ses dates de naissance et de mort, une phrase disant que ce crime (sa conception) était celui de ses parents et non le sien.

Pourquoi les adultes ont-ils des enfants ? se demande-t-elle. Pour les montrer aux voisins ? Pour recoller leur couple désuni ? Pour avoir une « chose » bien à eux ? Pour s'assurer une retraite ? Et elle ajoute :

Vous me trouvez horrible ? Regardez les familles, ces mères dans le métro, les grands-mères qui n'ont plus « qu'eux » au monde. Vous trouvez qu'ils les aiment ou qu'ils leur sont utiles ? Cessez donc de mentir ! Je ne comprends pas comment on peut se décider à mettre au monde un enfant, les mots miracle, les mots félicitation, les mots remède. Réfléchissent-ils que leur enfant a une chance sur mille d'être anormal, handicapé, taré ? Et s'il n'est rien de tout cela, vous qui l'avez fait, vous allez le traumatiser, l'élever mal, votre manière le rendra malheureux plus tard... D'ailleurs, qu'est-ce que vous attendez ? Qu'il réussisse à être heureux dans un monde où vous n'avez pas pu l'être ?

Elle pose toujours les questions comme ça, Valérie Valère. Précises, sans fioritures. Comme quelqu'un qui n'a pas beaucoup de temps. Est-ce la raison pour laquelle « Valérie Valère » est un sujet tabou dans l'univers « psy » ? Est-ce la raison pour laquelle ceux qui l'ont approchée évoquent son aura ?

La « scène primitive », telle que la lui décrit sa mère, n'a rien d'enthousiasmant :

— Avec ton père, nous t'avons faite un soir. J'étais en train de coudre sur le lit et puis il est venu.

Elle coud pour passer le temps et parce qu'il le faut bien. Elle n'attend même plus ce mari qui court les boîtes de nuit avec ce qu'elle nomme ses poules, ses maîtresses, ses pouffiasses, ce mari qui s'excuse au cœur de la nuit de ses rentrées tardives :

— Tu sais, j'ai fait le tour de Paris pour trouver un tabac ouvert.

Elle hausse les épaules, dit qu'elle en a assez de ses mensonges. Il insiste, il s'enfonce, finit par avouer :

— Tu sais bien que pour moi tu es la seule. Avec les autres, ce n'est que le sexe.

Le corps et l'âme, l'épouse et la maîtresse, le manichéisme judéo-chrétien dont sont imprégnés les parents de Valérie comme toute leur génération. Ou tu te maries et tu seras l'épouse sans corps, l'âme du foyer, la fée du logis, Pénélope qui file en attendant le retour d'Ulysse, ou tu ne seras que sexe, objet, instrument. Tu seras alors le danger même comme ces femmes qui provoquent les larmes de ta mère et ces insoutenables disputes entre tes parents. Impossible programme : jamais elle n'acceptera de devenir femme.

Conçue dans la médiocrité, entre deux banales scènes de jalousie, elle finit par naître. Malgré les tentatives d'avortement : par manque d'argent, on ne voulait pas de second enfant et encore moins d'une fille.

Le père recule devant le berceau : il trouve le bébé laid avec toutes ses rougeurs et son crâne glabre. Bon, on ne le tuera pas. (L'infanticide des petites filles, c'est bon pour les Esquimaux.)

Faites-les quand même mais au moins ayez la décence de les tuer une fois nés. Vous aurez eu votre rêve, dérisoire, malsain, malhonnête.

Le crime sera insidieux et souterrain. Tout enfant reçoit un nom. On la déclare à la mairie sous le nom de Valérie. Elle refusera aussi son nom : *je* n'est pas Valérie. Elle se rêve autre, petite fille idéale, qui n'a pas de nom, que nul ne peut nommer. Elle naviguera toujours ailleurs, plus haut, plus loin. C'est pourquoi ses contemporains disent, se souvenant d'elle, qu'elle est restée une énigme pour eux.

Derrière l'unité de son prénom, l'être qui commence à parler apprend à se connaître. « Comment t'appelles-tu ? », n'est-ce pas la première question, avant même le « Quel âge as-tu ? » que les adultes posent à l'enfant ? Tout naturellement, l'enfant livre son nom avec la sensation de se donner tout entier. Ce même enfant, sans nom, serait sans doute perdu dans le chaos des mots et des choses, noyé dans la multiplicité des objets rencontrés.

Le comment t'appelles-tu terrifie Valérie. Comme si ce matricule n'avait pas de sens pour elle, ne la contenait pas. Répondre, ce serait plonger dans l'anonymat, entre Paul et Sophie.

Entrer dans le rang.

Appartenir à un groupe, à un milieu, comme ces chèvres qui, attachées toute leur vie au même piquet, broutent une herbe semblable. Une performance dont Valérie, envahie par un monde trop intense, trop foisonnant, ne se sent pas capable :

Je restais immobile sur le banc de l'école, mes mains blotties au creux de mes cuisses et le regard ailleurs, au-delà de leurs visages avides de ma terreur. Je restais ainsi des heures, rêvant à un nom jamais donné, jamais nommé... Et l'image d'une autre petite fille jaillissait soudain devant mon regard, si fascinante, si exaspérément insaisissable, que des larmes d'impuissance troublaient ma vision... Et je disparaissais alors dans les anonymes rangs d'élèves, moi, petite fille sans nom, innommée, innommable...

Il ne suffit pas de donner un nom à l'enfant qui vient de naître. Ni même un berceau pour dormir, des biberons de lait et de jus de fruit pour grandir et des couches propres lorsqu'il s'est sali... Mais ce qui semble évident ne l'était pas autrefois. Epoque à laquelle Winnicott, parmi d'autres, affirmait qu'un bébé qui n'avait pas connu « une chose aussi normale et nécessaire qu'un contact affectueux » serait forcément plus ou moins « perturbé dans son développement affectif ».

Nos tout premiers souvenirs sont en général si loin, si recouverts qu'ils sont perdus. Valérie ne rapporte de ces années-là que ce que lui en a dit sa mère. Et elle n'aimait pas en parler. C'était une blessure, une page tournée, très mal tournée.

Quand l'horreur n'a plus de mots chez elle pour la décrire, elle nous invite à imaginer.

Et nous imaginons, au risque de dessiner une image d'Epinal, un berceau glissant sur la banquise avec rideaux de mousseline pétrifiés en stalactites et duvet de neige. Tout est blanc comme il convient à un bébé, mais gelé. On sent tout autour une bourrasque glacée à vous figer sur place, à couper tous vos élans naissants, à faire de vous une chose, « leur chose », dira-t-elle, « ta chose », à propos des rapports que sa mère entretient avec elle. (« Ne peut-on supposer que si l'apport libidinal de la mère et de l'entourage ne vient pas enrichir l'avoir énergétique inné de l'enfant, celui-ci fonctionnant de plus en plus en système fermé se dégrade et se transforme en énergie dissolvante... Les pulsions primitivement au service de la vie, dont l'énergie, mal alimentée du dehors, se concentre et se dégrade pour devenir désagrégeante et mortifère [1]. »)

Faute de soleil, Valérie apprendra à mûrir dans la glace. Elle sera, brièvement mais toujours, cette enfant mûre qui, mieux qu'aucun autre, saura dire l'amour, la chaleur, la tendresse jamais connus mais rêvés à loisir. Sous sa plume, l'amour sera toujours un miracle fragile comme le *Sextuor à cordes en Si bémol majeur n° 1* de Johannes Brahms, dont les accents s'évanouissent à l'instant même où ils vont se rassembler pour naître, ou

1. E. Kestemberg, J. Kestemberg, S. Decobert, *la Faim et le Corps*, P.U.F.

encore comme une de ces mélodies iraniennes à peine perceptibles, jaillies de la rencontre d'un souffle et d'une flûte taillée dans le roseau. Avec des mots, Valérie tentera de compenser le manque, de rétablir l'équilibre.

Il est possible, comme l'avancent certains spécialistes, que des enfants viennent au monde avec plus d'exigences que d'autres, « exigences pulsionnelles libidinales bien au-delà de ce qui peut leur être offert ». En général, ces enfants sont très précoces et apprennent rapidement à se nourrir d'eux-mêmes « en un rejet de plus en plus marqué de tout apport extérieur [1] ».

Que Valérie fasse partie de ce lot, peut-être. Mais cette éventualité ne change rien à la froideur ambiante.

Aujourd'hui, le thermomètre ne marque même pas 4° C comme cette nuit qui a précédé sa naissance. Mais Valérie a toutes les brassières chaudes et les bonnets de laine qu'il lui faut. Le froid frappe ailleurs : quand je crie, personne ne vient, quand je tends les bras, je ne rencontre rien, ma main s'ouvre sur le vide. Ce vide est sa première rencontre avec la vie. Pas le moindre hochet à secouer, pas le moindre petit doigt à emprisonner. Heureusement qu'il me reste mon pouce. Il faut bien que je me débrouille de/et avec moi-même puisque nul ne me répond.

Elle sera hantée par ce manque d'écho originel. Elle y retournera, comme s'il était possible avec des mots de cicatriser la blessure :

Je redeviens toute, toute petite. Je suis une enfant qui bouge dans son berceau, demandant par ses frêles suppliques une nourriture maternelle. Mais personne ne vient. Personne n'entend. Alors je me tais et disparais dans l'anonyme silence.

Quand on entendra Valérie et qu'elle sortira de « l'anonyme silence », il sera déjà trop tard pour elle. C'est dans cet appartement du XVe arrondissement, puis, dans

1. *Op. cit.*

celui de Dieppe, ville au bord de la mer où son père est nommé en 1968 — elle a alors sept ans — et enfin dans un nouvel appartement du même arrondissement, le XVe, que s'impriment les marques indélébiles.

Elle s'éveille au son du canon. Ces cris, ces plaintes, ces silences hargneux, ces crises violentes, ces gestes nerveux créent dans la maison une certaine atmosphère. La petite fille, qui commence tout juste à parler, ne comprend pas précisément ce qu'il se passe mais ses antennes extralucides captent les émotions qui sont dans l'air, comme autant de chocs qui la font sursauter.

Maman, cette dame lointaine, « cette femme, ma mère », dira-t-elle (oh ! si elle avait pu alors me prendre dans ses bras), n'est pas loin de moi mais c'est comme si elle n'était pas là. Son visage est dur, crispé, elle marche comme un automate, et jamais ne me regarde tendrement, jamais ne me sourit. Qu'ai-je donc fait de mal ? Maman est dans la même pièce que moi, elle range bruyamment la vaisselle dans l'armoire et elle ne sent même pas ma main qui tire sa jupe. C'est comme si je n'existais pas.

« L'on ne saurait inventer de châtiment plus infernal, même si pareille chose était matériellement possible, que d'être lâché dans la société et d'y rester complètement inaperçu de tous ses membres. » (William Jones.)

Maman-papa, première société. Et maman ne me voit pas, ne me sent pas, ne prête attention qu'à ses propres sensations. J'éprouve sa faim, sa tristesse, toutes ses émotions qui ne sont pas les miennes et qui me font mal. Si elle pouvait s'oublier un instant pour penser à moi...

Hilda Bruch voit à l'origine de l'anorexie « une situation fondamentalement faussée au niveau des premiers apprentissages qui ont été basés sur les besoins de la mère, prévalant sur ceux de l'enfant, celui-ci ayant été amené à répondre davantage aux émotions corporelles de celle-ci qu'aux siennes propres. Ces distorsions ont entraîné chez l'enfant une malformation et une méconnaissance des limites de son moi, de son sens de l'identité et de l'image du corps. De là découlent plus tard, dit-elle, l'inaptitude à conceptualiser les besoins émotionnels, l'absence de sensations sexuelles et le sentiment d'impuissance et de dépendance [1] ».

Aujourd'hui « ailleurs », la mère de Valérie s'étonnera demain de cette petite fille étrangère, muette, secrète... Ailleurs, elle aussi, justement.

Il eût fallu, ne serait-ce que pour faire passer le temps, quelques jouets. Mais Valérie n'avait pas de jouets. Ni cubes pour reconstruire le monde, ni poupée à martyriser et à consoler, pas le moindre ours en peluche à serrer contre soi. Rien. Aucun de ces simulacres qui permettent aux enfants de se décharger de la haine et de l'agressivité sans en recevoir en retour.

Celui qui déclare la guerre entre ses soldats de plomb ou celui qui découpe en rondelles la trompe de son éléphant, qu'il recollera demain, détruit, répare, s'amuse à se faire peur : il joue, il maîtrise son angoisse, il se découvre. A travers le jeu, deux aspects de la vie se relient l'un à l'autre, la vie du corps et celle des idées : « On peut dire du jeu comme de la parole, qu'ils nous ont été donnés pour cacher nos pensées profondes. » (Winnicott.)

Il arrive que les enfants auxquels on n'a pas donné de jouets, peut-être parce que l'on a hâte qu'ils grandissent, s'en inventent. Après tout, il n'est pas nécessaire de posséder des soldats de plomb pour répéter les Waterloo familiaux. Fourchettes et cuillers, pinceaux et bobines peuvent aussi faire l'affaire. Mais Valérie, qui est déjà la proie de « pensées trop profondes », ne savait pas jouer : « Je n'ai jamais eu, dira-t-elle, l'insouciance des autres enfants. »

---

1. Hilda Bruch, *l'Enigme de l'anorexie*, P.U.F.

Le bruit de la guerre entre ses parents, ce bruit qui résonne en elle, ne laisse pas de place à l'insouciance et à ses jeux. Il effraye, il meurtrit, il fige, il provoque ce que les spécialistes nomment « inhibition ». Une sorte de paralysie interne, née d'une force que l'on a retournée, tel un boomerang, contre soi-même.

Privée de jouets, Valérie ne saura jamais jouer aux différents jeux de la société. Déjà, elle ne participe pas. Consciente de l'origine de sa souffrance, elle tentera toujours de revenir (« Je voudrais être cette toute, toute petite fille ») au point de départ, dans l'espoir de reprendre ses forces alors orientées vers la destruction d'elle-même, vers la mort. Changer de sens, aller vers la vie, pouvoir tout simplement vivre... Mais on ne manœuvre pas ses tout premiers « choix » aussi aisément que les aiguilles des voies ferrées.

A quinze ans, elle se sent perdue :

Vous m'avez jeté votre monde au visage comme un seau d'eau, je ne trouverai jamais le chemin, je suis perdue.

Du monde, elle ne percevra jamais que l'univers de sexe, la méchanceté, les jugements mesquins, la prétention dérisoire et médiocre. Elle se débattra toujours dans cette atmosphère qui lui fut donnée en cadeau de naissance.

A la maternelle où M.A., la future maîtresse de son père, qui aide à la maison, vient la chercher tous les soirs, Valérie découvre des enfants et des jeux éducatifs. Tout un petit monde s'agite autour des perles de couleur que l'on enfile pour faire des colliers, de pots de peinture et de pinceaux pour faire des maisons, le soleil jaune et rond avec ses rayons tout droits, et ces immenses personnages colorés à gros ventre ovale, coupé en deux par une rangée de boutons. Certainement, Valérie fait ce qu'il faut, les dessins, les colliers, mais au lieu de jouer avec les autres (« Je n'ai jamais joué avec les autres enfants »), elle regarde par le gros bout de ses jumelles imaginaires et voit les choses de loin, à échelle réduite. Univers de lilliputiens où l'on rit, où l'on pleure, où l'on court, où l'on tombe, où l'on se frappe et où l'on s'embrasse. Elle, non. Petite fille aux cheveux noirs et aux yeux verts, elle est un peu à l'écart. Bien qu'elle ne perde pas une miette de la fête maternelle, elle n'y participe pas. Mais elle est sage, très sage, ses professeurs le reconnaîtront toujours.

A la maison aussi, il y a des tubes de peinture et des pinceaux. Papa les sort parfois de leur boîte, il mélange les couleurs et les applique sur de grands rectangles blancs. Comme les enfants à l'école. Il y a des jours et des jours que Valérie observe la boîte de son père, bien fermée sur une étagère. Cette boîte fermée l'attire, elle a envie de la toucher, de l'ouvrir et, pour une fois, de jouer avec. Elle approche un tabouret, grimpe dessus, se met encore sur la pointe des pieds et l'attrape. Vite, elle regagne avec son butin son refuge favori : elle va se cacher sous la table.

Quand des invités viennent dîner à la maison, ils admirent les tableaux de papa. Ils se plantent devant et disent que c'est très beau en hochant la tête et en clignant de l'œil. Et aux murs de la maternelle, la maîtresse épingle les peintures des enfants et leurs mamans les regardent en souriant. Elles donnent un baiser au petit en le félicitant de son œuvre.

Rêveuse, Valérie manipule les tubes de son père, quel beau jouet, on presse, la pâte sort. Si je me peignais, ils me remarqueraient enfin, ils me verraient ! Qu'ils me prennent dans leurs bras, qu'ils me nettoient ou qu'ils me grondent, peu importe ! Au moins, ils auront fait attention à moi. J'en ai tellement besoin.

« Dans un pays sans eau, que faire de la soif ? De la

fierté. » (Henri Michaux.) Et dans une famille sans amour ? De la peinture, de la peinture, se dit Valérie qui jubile sous la table, persuadée que ce gigantesque appel va être entendu.

Et voilà du bleu, comme le ciel quand il fait beau, je m'en tartine le front. Mes joues seront toutes rouges de la couleur des groseilles et des fraises de l'été, on aura envie de les croquer. Comme maman, je vais mettre du vert sur mes paupières et de grands traits noirs au coin de l'œil, et du rouge encore sur mes lèvres. Peut-être me préféreraient-ils blonde ? Je vide tout le tube de jaune dans mes cheveux. Et je malaxe les pâtes entre mes doigts et j'étale sur la peau de mon visage et je me contemple longuement dans le grand miroir de la chambre des parents. Valérie-de-toutes-les-couleurs est très belle. Quand ils vont rentrer...

Quand ils rentrent, ils me regardent pétrifiés, ils n'ont pas l'air de s'approcher de moi, on dirait même qu'ils reculent. Comme s'ils avaient peur. Ils ne me disent rien, rien du tout. Maman prend le téléphone, je l'entends dire :

— Viens, viens tout de suite, il y a eu un drame... Valérie...

Mais que se passe-t-il ? Rien, il ne se passe rien. Les minutes comptent triple, l'air pèse une tonne, je me recroqueville, moi qui me dressais fièrement devant le miroir tout à l'heure, j'ai envie de pleurer. Alors, rien ne sert à rien. Ils sont de marbre et moi je suis impuissante à les atteindre.

C'est la grand-mère qui m'enveloppe dans une grande serviette et m'emporte comme un paquet sale sous son bras. C'est à elle que maman a téléphoné, impuissante elle aussi à s'occuper de moi. La grand-mère les gronde, eux, pas moi. Elle les traite de parents indignes et me garde quatre jours chez elle. Ils ont tellement peur d'elle qu'ils n'osent même pas venir me chercher. Ils disent qu'elle n'est pas « commode ».

J'obéirai, j'obéirai jusqu'à n'en plus pouvoir, jusqu'à exploser. A ma première bêtise, ils se sont débarrassés de moi. Alors, pour rester près d'eux, essayons de ne plus en faire.

Mais il y a des bêtises malgré soi. Un soir, on rentre à la maison un peu sale, les genoux écorchés, sa robe toute déchirée. Une bousculade d'enfants, on est tombée, on s'est blessée et l'on rêve d'être consolée. On croit encore cela possible.

Ce même soir, sa mère la gronde, se débat avec elle pour la déshabiller, la laver et l'envoie au lit sans dîner en l'insultant :

— Tu es une sale petite fille, laide. Un laideron, lui siffle-t-elle à l'oreille, se libérant ainsi des injures que lui avait prodiguées autrefois sa mère.

Les mots blessants ont la vie longue. Telles des balles traçantes, ils vont de mère en fille, traversant les générations sans perdre un gramme de leur charge corrosive. Neufs et pourtant les mêmes.

— Sale petite fille, sale petite fille, lui répète-t-elle comme un disque rayé.

Valérie s'enfuit vers la maison en démolition du terrain vague en face de chez elle. Respirer hors de l'atmosphère asphyxiante de l'appartement, respirer et pleurer toutes les larmes de son corps. Pleurer de colère, de rage impuissante et de jalousie silencieuse.

Cette femme, sa mère, elle commence à la haïr de ne pouvoir la séduire :

Cette femme qui se croit plus belle que moi, qui, parce qu'elle est une femme a le droit de me mentir, de me trahir sans que personne ne la traite de sale petite fille teigneuse. Je la haïssais, oh ! comme je la haïssais.

Cachée contre les échafaudages de la maison en démolition, recroquevillée contre un mur noirci de suie, mon menton sur les blessures de mes genoux écorchés, je la haïssais, je la haïssais et j'aurais donné ma vie pour la tuer.

Encore une fois, elle espérait un geste d'amour. Elle voulait être consolée. Sa rage intérieure (à quoi bon la crier à des sourds !) est à la mesure de sa déception. Mais, chez elle, on ignore la violence des sentiments qui traversent cette petite fille. Elle n'a pas encore l'âge de raison mais elle est prête à donner sa vie — mourir déjà — pour tuer sa mère. Cependant, le disque rayé continue d'égrener sa ritournelle : « Tais-toi, tu es laide. »

Jusqu'à sept ans, ils m'ont dit que j'étais laide. Je n'osais pas me regarder dans les miroirs. Je les fuyais comme un danger qui pouvait me détruire et me tuer. Lorsqu'on me parlait, je baissais la tête de peur que l'on ne surprenne mon disgracieux visage. Je haïssais le monde entier parce que l'on m'avait faite laide...

A cet âge-là évidemment, les jugements des parents sont pour l'enfant aussi forts que des lois. Ils vont influencer ce qu'il pensera de lui, la façon dont il se vivra, bref son identité. Il faudra d'autres regards pour nuancer cette première image :

Après sept ans, ils ne m'ont plus rien dit. Ni laide ni belle. J'étais belle pourtant, je le voyais dans le regard des autres. J'ai pris l'habitude de ne plus fuir les miroirs...

Beau ou laid, rien n'est plus insupportable à un enfant que ces qualificatifs concernant son apparence physique. Il sent qu'il est bien autre chose qu'une simple enveloppe physique. Cette enveloppe (ce corps) que Valérie s'acharnera à détruire.

Avant d'être jugé, il voudrait être entendu, voire même compris. Un enfant demande l'impossible : occuper une place dans le monde d'autrui. « Les adultes comme les enfants veulent occuper une position aux yeux d'autrui, une position qui leur ménage un espace libre...

Quelqu'un choisirait-il la liberté si rien de ce qu'il faisait ne comptait pour personne ?... La plupart des gens à un moment quelconque de leur vie, et qu'ils aient ou non connu cette expérience dans leurs jeunes années, cherchent à occuper la première, sinon la seule place qui compte dans le monde d'au moins une autre personne... » (Ronald Laing.)

— Tais-toi, tais-toi, ne cesse-t-on de répéter à la petite Valérie.

Ce n'était pas le même silence que les parents d'autrefois exigeaient de leurs enfants pendant les repas, du moins jusqu'au dessert. Un principe d'éducation que les enfants respectaient ou ne respectaient pas. Ce « tais-toi »-là était constant.

Qu'avait donc Valérie de si terrible à dire ? Ou encore, qu'avaient-ils de si important à faire ?

Elle finit par se taire et par rêver, de longues heures, lovée sous la table :

J'ai fini par me raconter toute seule des histoires pour peupler cet interminable silence. Il y en avait une que je préférais, c'était l'histoire d'une petite fille qui voyageait.

La petite fille va à New York où tout est trop grand pour elle, à Tokyo où tout est trop petit pour elle. Mais elle a plus d'un tour dans son sac et elle se débrouille toujours très bien. Valérie rêve d'être cette petite fille qui peut voyager seule sans se sentir jamais abandonnée.

Drôles d'histoires où, déjà, le monde ne convient pas, n'a pas la bonne dimension. Mais suffisamment nourrie, aimée, la petite fille idéale peut s'y adapter. Forte de cette confiance en soi acquise dans l'enfance, elle peut prendre le risque du voyage à l'étranger, tout en restant elle-même, différente des autochtones, qu'ils soient trop grands ou trop petits. Elle a la chance de posséder une identité, cette histoire que l'on se raconte sur soi-même et que l'on vous a racontée sur vous-même, grâce à laquelle vous vous sentez à peu près le même en tous lieux et en tous moments.

Valérie, elle, a du mal à se « sentir » puisqu'on ne la sent pas autour d'elle et, pis, qu'on la rejette avec des mots blessants. Ne lui reste que la liberté des voyages imaginaires. Les constructions imaginaires vont devenir son échappatoire. Quitte à en abuser. Il y aurait, dit-on, à l'origine de l'anorexie, une fascination pour les constructions idéales, vécues comme désincarnées, projetées en dehors et infiniment désirées.

Sous la table, merveilleux cockpit, Valérie franchira les mers et, dépassant les premières brumes matinales, elle s'envolera loin, au-delà des noirs cumulo-nimbus qui la cernent, au-delà des strato-cumulus qui veulent l'emprisonner dans leurs rouleaux. Elle ira à New York, elle ira à Tokyo, elle convoquera tous les princes charmants du monde, les séduira, les rejettera, s'inventera les parents qu'il lui fallait, jouera avec tous les jouets qui lui ont manqué.

Cependant, les grandes personnes diront : « Valérie boude. » Elle va encore « bouder » quelques années. Plus tard, on découvrira ce que bouder voulait dire.

2

Un merveilleux hôtel qu'on appelle famille

Ce n'est pas un événement qui fait que tout bascule, mais le déroulement qui fait qu'à treize ans on a envie de mourir, dira Valérie.

Vu de l'extérieur, rapporté par ceux qui ont connu Valérie enfant, ce « déroulement » paraît assez plat, normal... Presque. Un vécu sans histoires qui ne semble ponctué par aucun événement marquant : « Il ne se passait rien, disent-ils. Elle était sage... Travaillait très bien à l'école. A la maison, elle ne parlait pas, passait des journées entières sous la table en attendant que quelqu'un vienne la chercher. Son frère finissait par venir... Ou alors, elle s'enfermait dans sa chambre pour lire ou écouter de la musique... »

Valérie se cadenasse derrière un rempart de mots et de sons. Sa seule ouverture, avec le rêve, sur les infinis possibles du monde extérieur. A travers Le Clézio (surtout *Désert*), Muriel Cerf (*Une passion*), Rezvani, Matzneff, Hesse, Duras — dont elle avait tout lu —, Valérie qui préfère les contemporains, plus particulièrement les étrangers — Joyce Carol Oates, anorexique aussi, et Doris Lessing, son *Carnet d'or* —, découvre d'autres paysages. Elle respire l'air du large. Ce qui, par effet de contraste, rend encore plus vicié l'air familial.

Elle sera, comme beaucoup d'enfants abandonnés à eux-mêmes, pour une raison ou pour une autre, éduquée, « élevée » par les livres. Au risque de croire que ce qui est écrit et décrit existe. Au risque de confondre vie et littérature.

Ultérieurement, tout lui paraîtra vulgaire, sale, notamment les adultes. *Ils,* dit-elle, avec *leur sale bouffe, leur sale baise... Pour établir leur sale puissance... Ils jouent avec leurs petites autos, c'est amusant de les conduire, tourner à gauche, boum ! accident...*

Ces divertissements-là, elle voudra bien les comprendre mais refusera d'y participer.

Aujourd'hui, seule dans sa chambre, lovée sur son lit, elle se repaît de musiques spatiales. L'air du large vient du *Beaubourg* de Vangelis, de *la Passion* de Saint-Preux, du *Trancefer* de Klaus Schulze, de Tangerine Dream, de Mozart et de Beethoven — leur *Requiem.* Ni Sheila, ni Claude François, pas de variétés. Ou alors de la variété dramatique, imprégnée de nostalgie : Barbara, Brel...

Nul ne lui interdit rien. Ni de lire, ni d'écouter de la musique, ni même de sortir si l'envie lui en prend. De toute façon, il est, depuis 1968, interdit d'interdire. Une formule qui confortera dans leur attitude démissionnaire bien des parents qui, désormais, ont des impératifs plus urgents que l'éducation de leurs enfants.

La société d'abondance peut tout se permettre. Même Mai 68. Le droit à la liberté sexuelle est proclamé. Rattraper le temps perdu, c'est-à-dire vivre et afficher ses fantasmes, est plus qu'une permission, un devoir. Et les enfants deviennent les spectateurs privilégiés de ce nouveau *way of life,* hérité des beatniks qui, dix ans plus tôt, faisaient la route.

Cette année-là, le printemps est fiévreux. D'est en ouest, les symptômes surgissent, les mêmes. Le cri de guerre est lancé, que ce soit à Tokyo, où les Zengakuren réapprennent des techniques de combat moyenâgeuses, à Berkeley ou à Paris, où la jeunesse monte des barricades, à Varsovie où les hooligans vont en prison, à Berlin, où un certain Rudi Dutschke appelle à la révolte...

Dans les années qui suivront, on parlera des « acquis de Mai 68 ». Comme si, soudain, l'avenir s'était ouvert pour une génération, celle des parents de Valérie. Quant à la suivante, elle décrétera, une décennie plus tard que d'avenir, justement, il n'y en a pas. *No future,* affirmeront-ils, les oreilles transpercées d'épingles à nourrice et le cheveu érigé en crête multicolore sur le crâne.

Par sa mort, Valérie qui, pas plus que d'autres déguisements, n'arborera celui des punks — ce qui lui eût peut-être évité de mourir si jeune — manifestera un désespoir semblable.

Le désespoir qui, autrefois, ne se donnait à lire et à voir que dans l'art, est devenu raison de vivre. Il s'exhibe même dans la rue, sur les grandes affiches publicitaires : une fille assise ; derrière elle, quatre garçons, l'air sale, endormi, remuent le sol avec des pelles. Le nuage de poussière qui flotte au-dessus d'eux a quelque chose de tchernobylesque (Tchernobyl, en russe, veut dire absinthe et l'Apocalypse de saint Jean prévoyait que l'une de ses phases se déroulerait dans la ville de l'absinthe).

Mais les jeunes gens de l'affiche sont beaux. Sales mais beaux. Et ils vantent le jean Truc car bien sûr la vie ne s'arrête pas. Quand le paysage est bouché, on peut toujours avoir recours à la nostalgie et tapisser les murs de sa chambre de blondes célèbres aux très longues jambes, divas des années 50, très à la mode en ces années 80 qui n'inventent aucun futur. Musiques répétitives. Génération perdue, dit-on, mais on le dit de toutes les générations comme si le seul fait d'avoir été « généré » était cause de perdition.

Cependant, en sautant quelques siècles en arrière, on découvre un autre style de générations. Du moins un autre style de familles. Il semble qu'au Moyen Age celles-ci étaient beaucoup plus ouvertes sur la société. Elles abritaient sous leur toit de nombreux étrangers. Entre les hôtes, les domestiques et les bonnes d'enfants, il n'y avait jamais moins de trente personnes à table. A l'âge de Valérie, les enfants étaient déjà considérés comme des grandes personnes. Ils figurent, petits adultes miniatures, sur les enluminures de l'époque.

C'est plus tard, à partir du XVIIIe siècle, que la famille a commencé à s'isoler entre ses quatre murs et l'enfant à recevoir une longue éducation dans les collèges pour se préparer à son rôle d'adulte. A partir de là, les grandes familles d'autrefois se rétrécissent comme l'entonnoir pour ne plus garder que le strict minimum. Faute de place dans les petits appartements des villes, les grands-parents restent à la campagne et chaque couple habite séparément avec ses enfants. Chaque foyer devient un noyau autour duquel gravitent quelques enfants, d'où le terme de « famille nucléaire ». Celle de Valérie se réduit à presque rien : six individus en tout et pour tout, elle comprise. Papa et maman, chacun enfant unique, donc ni tantes, ni oncles, ni cousins, les grands-parents maternels et tata Lulu, fausse tante, amie d'enfance de sa mère.

Il y a bien peu de clients dans cet hôtel — ainsi nomme-t-elle la famille. Chacun de ces *unhappy few* prend aux yeux de l'enfant, qui n'en a pas assez pour eux, une importance démesurée.

Sans en avoir l'air, Valérie voit tout, entend tout, sait tout, incorpore tout. On croit que la petite fille dort mais elle a plaqué son œil dans l'embrasure des rideaux, qui ferment les coulisses, et regarde la scène, où se déroule un spectacle qui l'horrifie. « Dégoûtants », « corrompus », « beurre rance », seront les mots de sa critique.

Le spectacle, cru, lourd, redondant, n'a pas été filtré au tamis de la littérature, les acteurs la touchent de trop près, elle a envie de vomir mais, jusqu'au bout, elle observera, comme déjà à la maternelle, avec le gros bout de ses jumelles.

Petite fille aux yeux de lynx, mais invisible. Ange tombé sur la terre qui, désarmé, absorbe des mets qu'il ne digère pas. Le film qui passe devant ses yeux lui paraît tellement dérisoire et médiocre à côté du poème qu'elle doit apprendre pour demain :

Je ne leur dirai pas ma récitation avec les belles intonations qu'on m'a apprises. Ils préfèrent aller regarder « les filles toutes nues » dans les toilettes...

On joue deux scènes à la maison, toujours les mêmes jusqu'à saturation. Manque le talent d'un Labiche ou d'un Courteline.

Premier tableau. Certains jours, papa revient de ses voyages d'affaires-prétextes et les casseroles volent et les potiches se brisent et les factures s'empilent sur la table. Et maman hurle qu'elle en est sûre, qu'on le lui a dit, qu'on l'a vu dans cette boîte avec cette putain :

— Tu as encore dépensé cinquante mille balles avec cette pute ! Tu achètes des tubes de peinture à vingt francs pièce et, nous, on bouffe des nouilles et du riz depuis un mois !

Mais maman aussi a ses amants, qu'elle reçoit lorsque les enfants sont chez grand-mère ou, encore, ces nuits où elle les envoie se coucher plus vite que d'habitude. Sensibles à la moindre modification des rituels, les enfants comprennent vite les motifs de ces petits changements. Ils ne sont pas dupes alors que, naïfs, les adultes croient qu'ils le sont ou, du moins, font semblant de le croire parce que cela les arrange. Tout à leur affaire, ils ne prennent pas le temps de fignoler, de maquiller plus savamment leurs incartades. Comme les enfants qui se cachent pour faire des bêtises : *Les adultes sont enfantins, mais vulgaires.*

Second tableau. Ces jours où on avoue tout, on se dit

tout façon 68. Mais là encore sans grandeur ni beauté. Plutôt pour remettre un peu de sel là où il en manquait. Ces périodes où l'on fait semblant de s'entendre viennent en contrepoint des scènes de ménage. Alternance infernale.

Alors on sort ensemble, on va chez des amis et, de retour à la maison, dans la cuisine, lorsque la petite est couchée et que le petit est sorti, on critique les amis. Mais la petite qui ne dort pas enregistre, après le « Oh ! Elle ne comprendrait pas si elle entendait, ne t'en fais pas », les « Elle ne voulait pas retirer ses bas, tu comprends ça, toi ? », les « Il disait que ce n'était pas correct de faire ça comme ça ; s'il faut y mêler la correction, on n'en finit pas ! », les « Elle avait une jolie poitrine, mais je préfère quand même la tienne, elle est plus modeste », les « Il avait de beaux yeux mais ça ne sert pas tellement pour ça »... Pour aboutir au grand final : « Si nous allions dans sa chambre puisqu'elle s'est couchée dans notre lit... Allez, viens ! »

La petite trop réveillée ne voudra jamais grandir : le spectacle lui a déplu. « Monsieur le psy, dira-t-elle, ce n'est pas les enfants qu'il faut enfermer mais eux les parents, eux les responsables. »

Si au moins un autre esprit avait soufflé.

Si au moins le spectacle s'était déroulé à la campagne, dans une de ces communautés qui voulaient réinventer l'Amour entre les odeurs de fromage de chèvre, du pain que l'on faisait soi-même, en écoutant la musique répétitive de Terry Riley, de Phil Glass ou les gongs et les trompettes des monastères bouddhistes du Ladakh. Mais non, à l'entour, il n'y a que tata Lulu, « blonde et vulgaire », qui sert l'apéritif dans des verres à moutarde pendant que Valérie arpente du regard les sinuosités des broderies à fleurs qui tapissent les murs. Elle donne des cadeaux, c'est déjà ça. Comme grand-mère qui achète des carambars, c'est toujours ça.

Dans cette atmosphère, Valérie, nourrie tôt de Marguerite Duras et de Le Clézio, étouffe, s'étiole, meurt. Mais ne dit mot. Pourtant, elle ne fait pas de fugues. Ce n'est pas parce qu'elle est trop petite. Quand il le faut, les enfants savent fuguer ou exiger d'aller en pension. Il y a chez Valérie une force puissante qui l'empêche de larguer les amarres. Elle est irrémédiablement liée, emberlificotée dans une situation que Ronald Laing taxerait de « fausse et intenable ». Tout a mal tourné aux premiers jours de sa vie. A ce moment-là, sa mère n'a pas su créer avec elle le « bon rapport », « engendrer un champ d'action réciproque », selon les mots de David Cooper. C'est dans cet espace affectif entre sa mère et lui que l'enfant, peu à peu, apprend qu'elle n'est pas lui, qu'il n'est pas elle, qu'ils sont deux personnes distinctes l'une de l'autre. Mais si la mère n'a pas pu (ou pas su), écrit David Cooper, « l'enfant ne jouira pas des premières conditions nécessaires à la réalisation de son autonomie personnelle. Il restera à jamais une chose, un appendice, quelque chose d'à peine humain, une poupée animée... »

Certains se souviennent d'une enfant de vingt ans, Valérie, qui marchait dans la rue à côté d'une dame qui, pourtant, n'était pas sa mère : « On aurait dit une poupée inanimée, un objet, ou plutôt un phallus que cette dame promenait. »

La bouche est grande, les lèvres sont charnues, les yeux sont verts, brillants comme un lac de haute montagne, et les cheveux noirs, longs, partagés par une raie large, tombent derrière les épaules. Valérie se contemple longuement dans le grand miroir de la chambre des parents. Elle se regarde avec un certain recul, elle a peur de se voir, peur de ce visage qui changera et, de plus en plus, la traduira. On lui a dit qu'elle était belle, qu'elle était intelligente, qu'elle avait de la personnalité. Mais si de tout cela elle ne fait rien, on dira d'elle : « une ratée ». Les autres sont des miroirs déformants comme ceux du Jardin d'Acclimatation.

A quoi sert ce miroir qui ne lui renvoie que son

image, l'image de quelqu'un en train de se regarder et non l'image idéale qu'elle se forge et à laquelle elle veut ressembler ?

Pour se contenter un tant soit peu d'elle-même, il lui aurait fallu un miroir de chair et de sang, qui l'écoute, l'encourage, la stimule. Un miroir prometteur. Ils ne lui ont tendu qu'un petit miroir, froid, sans âme. Elle n'a pu s'y voir tout entière, elle n'a pu s'y voir de l'intérieur. Elle voulait être aimée pour elle-même, chose rare il est vrai. Elle ne se contente pas d'un amour lié à soi, relatif, changeant comme une opinion. Sans cesse, elle reviendra sur cette mère qui « accomplit son devoir » et « fait semblant ». L'image que lui renvoie le miroir est destinée à satisfaire d'abord sa mère.

Elle n'en veut pas.

Ils m'ont d'abord dit que j'étais belle et après, que j'étais laide. Ils ne savent pas ce qu'ils disent. Et puis, beau ou laid, est-ce vraiment très intéressant, est-ce suffisant comme bagage dans la vie ? Peut-être pensent-ils que mon capital beauté se convertira en un beau mariage qui les débarrassera définitivement de moi : *Qu'est-ce que ça voulait dire être belle ? Est-ce que ça vous livrait la vie au creux des mains ?* La vie ? Ces poules à talons aiguille dont papa dit à maman que seul le métro n'est pas passé dessus ?

Belle... Le mot me fait peur comme s'il contenait la pire des fatalités, quelque chose de vulgaire. Je ne veux plus que l'on me voie. Je me cacherai derrière les arbres de la cour de l'école, je me cacherai sous la table, je m'enfouirai sous mes draps. Oh, si je pouvais être voilée, voir sans être vue !

J'ai peur du regard des autres. Exactement comme ces Indiens de Bénarès, au bord du Gange, traqués par la caméra des touristes. Assis dans leur dothi blanc, visages impassibles, ils savent échapper en disant simplement : « Tu peux toujours me prendre en photo, tu ne prendras pas mon âme. »

C'est vrai que je suis belle. Mais à quoi cela me sert-il ? Pour être embrassée ? Non, merci. Lorsque je vois un couple enlacé, tout s'effondre. Je cesse de courir, de respirer, le soleil ne brille plus, je dois prendre mes jambes à mon cou, fuir, fuir, oublier ce coup de poing.

L'amour des autres m'est une insulte puisque, à moi, cela n'est pas arrivé et ne peut arriver. Si je vois un couple, je dois le fuir ou le détruire. Moi, on ne peut m'aimer. Moi, je ne peux aimer. Qu'est-ce qui en moi était si différent des autres ? Avait-on oublié de me donner un cœur ? Ne m'avait-on donné qu'un corps ?

A l'école, les filles chuchotent et pouffent de rire. Elles regardent à la dérobée les garçons de la classe. Elles disent qu'elles sont amoureuses. Je ne sais pas ce que ça veut dire. Je suis toujours triste et seule. Je n'aime que mon frère. Lui seul peut comprendre ce qui m'arrive. Nous avons les mêmes parents, nous sommes englués dans le même pataquès. Il est le seul à se préoccuper de moi. Quand je passe des heures sous la table dans l'espoir qu'Ils viennent me chercher, c'est toujours lui qui arrive. Mais lui, il est grand, il a treize ans, il a ses copines, ses copains, le soir, il sort. Et moi, je suis là seule, à attendre, toujours à attendre, livrée sans défense à leurs scènes infernales. Quand il est là, je me sens moins seule. Oh, s'il pouvait rester toujours avec moi !

Valérie, dix ans, est habitée par un gigantesque vague à l'âme, une nausée permanente, cet immense désir qui ne sait à qui ni à quoi s'accrocher. Son attente est immense, son exigence, que nul n'a limitée, terrible.

Le réel ne peut la satisfaire, il lui faudra rêver. Mais le rêve, à force d'être rêvé, s'use.

Le spectacle qui se déroule sous ses yeux est restreint. Il la blesse profondément mais, après tout, ce ne sont pas ses affaires. Elle veut s'en dégager. Par le mépris le plus total.

« Ils », dira-t-elle toujours à propos de ses parents, et par extension de tous les parents, de tous les adultes, âge auquel elle ne parviendra pas. Ils, ce sont les autres. Par la force des choses, Valérie et ceux qui lui ressemblent s'en expatrient au plus lointain. Ils ne se sentent bien que lorsqu'ils ont l'impression de se trouver à des milliers de kilomètres d'eux. Eux, les autres, tous les autres. Les Valérie affirment qu'elles sont différentes d'eux, mais, longtemps, ne le manifestent pas. Caméléons, elles prennent leurs couleurs. Ces métamorphoses sont usantes. Et quand les voix extérieures se taisent et que toutes les chaînes sont rompues, elles ne trouvent plus que vide, rien, silence. Elles sont tellement habituées à la sagesse pour ne pas déplaire, qu'elles ne savent plus à qui obéir.

« Ils », ce père, cette mère, auxquels elle ne peut s'identifier. « Les anorexiques s'identifient à des projections idéalisées d'eux-mêmes, non à des imagos œdipiennes[1]. » Ultérieurement, elle jugera et les mots la soulageront.

Sans la délivrer.

Dix ans. Elle est mûre pour son âge. Et tout lui paraît dérisoire, comme si elle vivait en raccourci les grandes étapes de la vie. Tout ce que personne ne s'est soucié de lui apprendre, par exemple ces choses que l'on dit aux petites filles au sujet de leur cycle et de la sexualité, elle les connaît : « A huit ans, je savais déjà tout... »

Elle sait parce que cette petite Valérie qui semble aux autres fermée, absente, est en réalité infiniment présente. Ne se dispersant dans aucune conversation, ne se distrayant dans aucun jeu, elle conserve toutes ses forces vives de présence au monde. A l'exilée, tout parvient, bien qu'elle ne le manifeste pas.

Le premier rejet, subi à l'âge des biberons, est imprimé

1. Kestemberg, *la Faim et le Corps, op. cit.*

dans ses cellules. Chacune de ses fibres nerveuses en est marquée. Tout le trajet est faussé : au lieu d'accueillir les autres, elle les rejette intérieurement à l'avance, pour ne pas risquer d'essuyer à nouveau le premier échec.

Elle a dix ans et elle sait. Elle possède le savoir de tous les enfants malheureux du monde. De ceux dont le mutisme — jusqu'à l'autisme —, dont l'agressivité exagérée ou les actes, hors du commun, dérangent, remettent en cause, culpabilisent parfois des parents. Bien qu'en général la vie ait eu le temps de fournir aux parents des armes ou des réponses à toute épreuve.

Souvenons-nous de James Dean dans *la Fureur de vivre* : on le voit bondir par-dessus les très étroites frontières familiales. Il fugue pour risquer sa vie au bord des précipices et sa mère gémit :

— J'ai assez souffert pour te mettre au monde ! J'ai fait ce que j'ai pu... Je me suis beaucoup occupée de toi...

Peut-être, mais entre eux, il n'y a pas de dialogue. Elle ne veut pas voir ce qui lui éclate au visage : ce décalage entre ce qu'ils disent et ce qu'ils font. Leur mensonge. Il cherche la vérité au risque d'en mourir. Comme Valérie, l'enfant qui ne joue pas, l'enfant qui ne sait plus sourire :

Je suis de mon cœur le vampire,
Un de ces grands abandonnés
Au rire éternel condamnés
Et qui ne peuvent plus sourire.

(Baudelaire.)

Il est beau ce garçon, pense Valérie. Comme moi, il a de grands yeux verts et des cheveux noirs. Mais les siens sont bouclés. C'est le plus beau des garçons de ma classe. Certainement je lui plais, il me regarde, il me sourit. J'ai envie de lui sourire moi aussi. Ce n'est pas facile quand on n'a pas l'habitude. Ça ne vient pas naturellement. Je vais essayer pour voir. Je le regarde, j'esquisse un sourire timide, il me répond...

Et alors ? A quoi ça sert ? A quoi ça mène ? *Il était séduit, j'étais contente mais il me manquait quelque chose pour le bonheur.*

Surtout, qu'il manque toujours quelque chose pour le bonheur ! Ce quelque chose qui m'a manqué autrefois est là, inscrit. Je suis marquée aux fers rouges comme le taureau porte dans sa chair le poinçon de l'élevage auquel il appartient. Il faut voir, le matin au *sorteo,* l'œil avisé des connaisseurs qui vont tirer au sort le taureau auquel s'affrontera, l'après-midi même, le torero. Ils savent que les Miura ont la manie de foncer dans l'homme plutôt que dans la cape, que les Domecq...

Les êtres humains sont, comme les taureaux, programmés dès l'enfance. Moi, par exemple, songe Valérie, je ne peux pas être heureuse. D'abord, je ne saurais l'être, c'est une habitude que je n'ai pas. Et, de plus, il ne faut pas que je le sois. Chacune des expressions de mon visage fermé, chacun de mes silences doit trahir mon ressentiment. Sourire ? C'est bien la dernière des choses à risquer. Alors, ils auraient la conscience tranquille, ils continueraient comme si de rien n'était. En boudant, je les appelle encore, je leur donne une chance de venir à moi, de me demander ce qui ne va pas, de m'atteindre. Je leur donne le privilège de me faire rire et sourire. Vont-ils s'en apercevoir ? Non, ils ne veulent pas voir ma tristesse, ils ne s'en inquiètent pas, ils la mettent sur le compte de la vie. Ils disent que je suis sage, que je suis la plus intelligente de la famille parce que j'ai de bonnes notes en classe. Pour eux, ce qui compte, c'est l'avis des autres, l'opinion des professeurs. Toujours la surface, l'extérieur, la belle image.

Pourtant, les professeurs de Valérie remarquent que cette élève-là n'est pas comme les autres. Quelle que soit l'année scolaire et quelle que soit la matière, ils écrivent dans le livret scolaire que cet enfant-là « devrait plus participer à la vie de la classe ».

« Bon travail mais il ne faut pas se replier à l'écart », dit Histoire-Géographie. « Travail régulier. Bien dans l'ensemble mais j'aimerais vous voir sourire », dit Allemand. « Valérie devrait aussi s'ouvrir aux autres », dit Français.

Tant que les notes seront bonnes — et elles le seront toujours — le signal d'alarme ne sera pas perçu. Pour les inquiéter, Valérie devra aller plus loin, beaucoup plus loin, bien au-delà de la simple bouderie de circonstance.

Mais quand même, il est beau, ce petit garçon. Et puis, je crois qu'il n'est pas aussi stupide que les autres enfants. Comme moi, il est toujours un peu à l'écart. Il ne joue ni à chat perché, ni au lion rouge, ni au ballon prisonnier, ni à la marelle. Il ne se mêle d'aucun de ces jeux inutiles et puérils. Il me regarde, il me sourit, il me reconnaît...

Devant lui, je suis paralysée, j'ai le souffle coupé. Il m'attire, je m'enfuis. Ce sera le leitmotiv de la vie de Valérie jusqu'au jour où elle ne sentira plus même l'attirance.

Comme si déjà l'élan vers l'autre s'était absenté de son corps, ses jambes ne la portent plus. Elle a peur de ne pas être à la hauteur de son rêve, peur de lui déplaire. Elle se contente de sourire, sourire, sourire...

Lorsqu'il s'approcha de moi et passa son bras autour de mes reins, je ne pus réprimer un sursaut intimidé de vierge pure... Il sourit et m'embrassa sur les lèvres... Alors, arrivée à mes fins, malgré ma maladresse et ma timidité, je m'enfuyais, secrète et mystérieuse comme je voulais le rester à ses yeux...

Valérie se rend insaisissable, elle sait apparaître et disparaître, ne se donner qu'à demi, s'enrober de mystère, servir de miroir à fantasmes. Bref, séduire.

Mais à quoi bon ? Celle qu'elle voulait séduire, *cette femme, ma mère,* restait de marbre devant son charme :

Elle ne souriait jamais, ne préparait jamais de gâteau et m'interdisait d'amener quiconque à la maison.

Alors, il lui faudra toujours s'enfuir, laissant derrière elle le sillage vaporeux du rêve qu'aucune réalité ne ternit.

Le rêve, il ne lui reste que le rêve puisque l'essentiel lui est refusé. Le rêve et les larmes : *J'aimais bien pleurer, c'était doux, c'était tendre.*

Elle se tourne et se retourne dans son lit. Elle n'arrive ni à dormir ni à sortir. Elle a peur de se perdre dans les rues noires de la nuit, peur d'être embarquée par la police et mise derrière les barreaux. Comme le sommeil ne vient pas, elle invente pour elle seule des histoires. Dans chacune d'elles, l'héroïne qu'elle met en scène réussit parfaitement, comme cette petite fille qui parcourait sans peine le monde de Tokyo à New York.

Cette nuit et toutes les nuits d'insomnie, elle crée et recrée jusqu'à satiété une danseuse :

Je voyais une danseuse gracieuse aux bras de porcelaine et jambes de cristal. J'étais elle, oh oui, je voulais être elle, et elle dansait, magiquement, dans la nuit désormais tout étoilée, tout illuminée de feux, et les larmes de feu dansaient avec cette fine forme blanche qui jamais n'en finissait de tourner, de sauter, de valser, d'être toute divine et toute reine...

De l'obscurité de la nuit effrayante, peuplée de Cerbères voraces, dont les grandes mains vont vous agripper, vous immobiliser à jamais, à la clarté cristalline de cette danseuse dont le mouvement perpétuel et harmonieux apaise enfin la nuit. Valérie, que trop de tensions accumulées empêchent de dormir, veut échapper à la nuit de l'existence, gagner la lumière. Que soit retiré ce qui obscurcit, que tombent les écrans intérieurs, ces barricades qu'il a fallu ériger contre les autres et qui sont devenues les cadenas qui vous ferment aussi à vous-même, que soit déchiré le voile et qu'à nouveau jaillisse la source endiguée.

Danser avec la vie, s'élever dans la nuit, tourbillonner sans fin comme ces derviches qui tournent pour approcher Dieu, emprunter « le sentier lumineux » :

J'aurais voulu qu'une lumière éclaire ce puits noir dans lequel j'étais tombée, j'aurais voulu une seule étincelle de lumière, oui, ne serait-ce qu'une seule étincelle de lumière.

Valérie percevait avec la même acuité la beauté et la laideur du monde. Elle sentait ce que la physique moderne révèle : l'univers ne cesse de danser, dans un flux perpétuel d'énergie dont les figures infiniment variées se fondent les unes dans les autres. Chaque particule subatomique se livre à une danse d'énergie et elle est en même temps cette danse, pulsation de création et de destruction. Les photographies de particules en interaction témoignent de ce rythme perpétuel, qu'évoquent les mots de Valérie pour dire son rêve de la danseuse. Bientôt elle apprendra effectivement à danser pour se rapprocher de cette conscience ou de cette prescience de l'ordre du monde. Car on ne peut se raconter indéfiniment la même histoire sans qu'elle perde de sa saveur ni rallumer tous les soirs dans son lit les étoiles de la nuit sans que leur clarté faiblisse.

Elle veut être applaudie mais, pour cela, il lui faut vider la salle de tous ses spectateurs de chair et d'os, dont elle est persuadée qu'ils la siffleraient, comme son entourage :

Je rêvais souvent de théâtres fabuleux aux greniers inexplorés... J'aurais monté un escalier poussiéreux, traversant des loges illuminées de lumière d'or et de paillettes d'argent, je me serais déguisée en princesse avec des robes de lamé et des voiles transparents, j'aurais dansé sur une scène désertée devant une salle vide pour mon seul plaisir. J'aurais été pour deux heures de spectacle imaginé la danseuse étoile acclamée...

Acclamée par qui ? Le seul spectateur qu'elle désire est celui qu'elle imagine. Elle s'invente ce Prince auquel toutes les petites filles du monde finissent par croire à force de le rêver.

Chacune, bien sûr, le fabrique à sa façon, suivant ses besoins. Les unes le font naître en Inde, dans une famille de maharadjah qui chasse le tigre au Bengale ; l'être extraordinaire s'en va, pieds nus et seul, par les sentiers herbeux en quête de plus nobles aventures ; il voyage en ouvrant des yeux étonnés sur le monde.

D'autres petites filles se persuadent qu'elles ont un double masculin, un Yang qui les prolonge et les rassemble, un jumeau quelque part sur la planète qui partage tout ce qui leur arrive. Elles ne sont jamais seules. Comme toutes celles qui dialoguent à l'infini avec les frères et les sœurs qu'elles n'ont pas.

L'après-midi, quand Valérie rentre de l'école, elle danse pour le spectateur imaginaire. Alors que le petit garçon de sa classe, trop réel avec ses cheveux bouclés, la paralysait, l'invisible spectateur la stimule. Pour lui, tous les jours, elle découvre de nouveaux pas. Il est à la fois le père et la mère, mais rêvés, refaits à sa convenance. Il tire tout son pouvoir de demeurer désincarné. Pourtant, Valérie, qui l'imagine « si beau », « si pur », est prête à donner sa vie en échange d'un seul regard.

Globe-trotter ou danseuse de génie, entraînée par un chorégraphe hors pair, Valérie a compris qu'il suffisait de fermer les yeux pour « être à la hauteur ». Pour oublier la Valérie que lui renvoie le miroir. Un temps, le rêve, dont elle est seule maîtresse, comble ses exigences. Mais elle est prête à mourir pour un regard, un vrai regard posé sur elle, Valérie, petite fille d'une dizaine d'années qui n'attend que ce regard pour se métamorphoser et émerger enfin du puits noir dans lequel elle se débat. Seule.

Les spectateurs que la vie lui a donnés, ce père et cette mère, trop préoccupés d'eux-mêmes pour la voir, ne se rendent visiblement pas compte de ce qui se trame sous leur toit. Tandis qu'en sourdine elle s'achemine vers la mort, ils tentent de vivre, assaisonnant leur ennui d'être ensemble (par convenance, pour les enfants peut-être) des nouveaux ingrédients apportés par la libération des mœurs.

— Emmène-la, ça la changera d'air, suggère la mère.

Il doit partir une semaine en Belgique pour affaires. Il hésite à prendre la petite avec lui. Il ne sera pas seul : à M.A., « cette femme au visage laid mais au corps jeune », l'ex-nounou devenue sa maîtresse, il a promis les canaux de Bruges, la verte prairie de la paisible Damme et peut-être, si le temps le permet, un week-end à Knokke-le-Zoute, ses moules, ses frites, son homard et son ciel uniformément, entièrement gris.

Il hésite beaucoup. Mais quand sa femme veut quelque chose, en l'occurrence une semaine de tranquillité sans enfants dans les pattes, elle sait convaincre. D'accord, il emmènera la petite. Justement c'est la Toussaint, il n'y a pas l'école et elle fête ses douze ans.

A l'annonce du projet, Valérie jubile : partir seule avec papa, voyager, découvrir en gondole les canaux verts, les plages immenses, dont le bout se perd dans les brumes, « ce plat pays qui est le mien », dont Brel lui a presque déjà tout dit.

Elle ignore encore qu'une fois de plus elle ne sera pas la seule, pas la première. Elle ne l'apprend qu'au dernier moment, quand il faut monter dans la voiture, sur le siège arrière parce que M.A. occupe la place d'honneur, que l'on nomme aussi « du mort », devant, à côté de papa.

Du temps où la loi ne contraignait pas les enfants à se

mettre, pour raisons de sécurité, à l'arrière de la voiture, le siège avant représentait pour eux le trône. A la droite du conducteur, comme la favorite à la droite du roi ou le saint à la droite de Dieu, ils se sentaient exister. Etre derrière quand le petit frère était devant, à côté de maman, équivalait à un bannissement. C'était être relégué, abandonné, oublié et, piètre vengeance, l'on ne se privait pas de marteler le dos du petit frère de coups de genoux discrets.

Valérie a atteint un point où elle ne peut plus supporter d'être toujours la dernière, toujours dans l'ombre. Ce voyage chez les Belges lui sera intolérable. C'est un an plus tard que tous les griefs tus se manifesteront, stigmates d'un corps qui prendrait le risque de ne plus parler que par métaphore.

De la Belgique, elle ne connaîtra que Bruxelles et les interminables stations aux terrasses des cafés de la place Royale, où les maisons semblent de pain d'épice et où elle se goinfre de glaces, tandis que M.A. regarde les hommes qui passent.

Recroquevillée sur le siège arrière de la voiture qui les ramène vers Paris, elle se sent étouffée, asphyxiée. Elle enrage intérieurement. C'est la dernière fois qu'elle se laisse avoir.

Par la vitre, elle voit les fenêtres des immeubles belges, dont on dirait qu'ils forment une chaîne sans interruption. Un barrage sans aucune trouée sur la campagne. Et derrière chaque rideau de chaque carreau, entre deux pots de fleurs, elle voit deux yeux qui observent. Elle ne voit que des regards chargés d'opprobre. L'ennui l'oppresse, compresse la langue encore chargée des moules-frites et du homard non digéré. La lourdeur des choses a effacé le tournoiement de la danseuse aérienne.

Cette femme s'est installée dans leur voyage et en a fait le sien. Les voitures se suivent sur les routes belges barrées de pluie. Tant pis pour Bruges, pour Damme, pour les plages de Knokke et tant pis pour ce peu de temps qui lui reste, un tout petit jour d'automne acculé par les très longues nuits d'hiver.

A Bruxelles, échappant à la surveillance distraite de M.A., Valérie s'est allongée entre deux tombes dans un petit cimetière. Elle a guetté en vain les feux follets de 5 heures, cette fugace lumière tremblante dont on dit qu'elle est l'azote qui se dégage des cadavres. Qu'on la laisse évoluer dans son univers plutôt que de la traîner derrière soi comme un paquet encombrant.

Durant toutes ces nuits belges, la famille d'emprunt a partagé la même chambre d'hôtel. Et qui sait ? Le même lit peut-être. Plus tard, lorsque Valérie sera malade, et qu'il s'agira de trouver un responsable, sa mère le vérifiera en téléphonant à l'hôtel bruxellois. Et l'on dira que le père, la maîtresse et l'enfant avaient bien occupé, ces nuits-là, la chambre 14.

Mais « ce n'est pas un événement qui fait que tout bascule »... C'est le déroulement...

A douze ans, Valérie est une petite fille trop sombre, trop silencieuse, pour que les autres veuillent bien l'apercevoir. Et si elle s'extériorise, c'est par des rebuffades, des sautes d'humeur, des fuites qui demandent aux autres des efforts de compréhension trop importants. Elle ne sait pas jouer, pas plaisanter, pas dire n'importe quoi comme tous les enfants de son âge. De plus, on a l'impression qu'elle n'en pense pas moins, qu'elle juge... Personne ne se risque alors à rompre sa solitude. Même le petit garçon aux cheveux bouclés, qu'elle trouve si beau, n'a pas récidivé.

L'année scolaire passe comme les autres. Valérie a de bonnes notes mais ne participe toujours pas à la vie de la classe. Arrivent l'été et une invitation de Sophie, une amie qu'elle n'a plus revue depuis des années, à venir passer la fin du mois d'août avec elle et sa famille à la campagne. Derniers jours avant la rentrée qui, cette année-là, n'aura pas lieu, pour Valérie, au lycée.

Les spécialistes de l'anorexie, qui s'interrogent sur les éléments déclencheurs de cette maladie, lui donnent des motifs divers. Pour les uns, l'enfant se trouve seul pour la première fois et doit donc s'imposer. Il serait paralysé par la peur d'affronter les autres sur un pied d'égalité. D'autres avancent qu'il y aurait eu rupture d'une harmonie familiale antérieure, maintenue jusqu'à ce moment-là.

En cette fin d'été, tandis que papa prépare son voyage d'affaires au Canada et que maman se bronze en Tunisie, Valérie va plonger au plus profond du puits sombre dans lequel elle s'épuise à surnager.

La voici pour quelques semaines cliente d'un nouvel hôtel, d'une autre famille (*Le mot m'écorche les lèvres comme une lame de rasoir*). Encore un père de week-end qui, durant la semaine, rentre à Paris pour affaires. Encore une mère étrange, désaxée, « folle », dit Valérie, *les yeux hagards, les gestes maniaques, elle allait jusqu'à nous battre avec son balai ou dormait toute la journée.* Quant à la sœur, elle se prostitue.

C'est dans ce charmant hôtel que Valérie tombe malade. Elle qui avait toujours mangé normalement ne peut plus rien avaler. Chaque repas est une hantise. Elle commence à se sentir terriblement faible, susceptible, pleure sans arrêt. Elle connaît ses premiers vertiges, ses premières hallucinations mais *pour ne pas détruire la belle tranquillité de leurs vacances, ils faisaient ceux qui ne voyaient rien.*

Au bout de quinze jours, elle demande à rentrer à Paris avec le père. Elle ira chez ses grands-parents puisque ses parents sont en voyage... Chez eux, l'heure des repas continue à être sa hantise. Comme le grand-père paralysé risque d'y rester, vu la violence des crises que provoque chez lui cette petite-fille qui ne mange pas, celle-ci se débrouille pour persuader sa grand-mère de la ramener chez elle.

Dans l'appartement vide de la rue S..., la grand-mère vient tous les jours l'approvisionner de biftecks et de préceptes moraux :

Elle avait de la chance que je n'aie plus toutes mes forces. Que le besoin de vengeance fût en moi autodestructeur.

Elle commence alors à détester les gens dont l'intolérance n'admet pas la différence. Pourquoi veut-on l'obliger à manger puisqu'elle n'a pas faim ? Bientôt, elle dira « et à vivre », puisqu'elle veut mourir ?

Les chiffres parlent toujours à ceux qui n'entendent pas le reste. Qu'il s'agisse de kilos ou de notes scolaires. Valérie pèse trente et un kilos. Ce langage-là, sa mère et sa grand-mère le comprennent. Il faut agir. Agir veut dire consulter les spécialistes.

Commence la tournée des médecins chez lesquels on traîne la petite, réticente. Chacun a son mot à dire qui n'est jamais le même d'un cabinet à l'autre. Encore une fois, ses mots à elle, qui sont maintenant des larmes, ne sont pas entendus :

J'ai eu beau pleurer toutes les larmes de mon corps, elles avaient trop peur de l'opinion du concierge, de son regard accusateur, elles m'y traînèrent.

Le récit se résume à une charade dont le tout va décider du destin de Valérie.

Mon premier est rassurant : il accuse « les maladies imaginaires des grands-mères ».

Mon second ordonne des fortifiants (qu'elle jette dans l'évier puisqu'elle ne veut plus rien).

Mon troisième lui dit : « Ma petite, ce n'est pas le problème, il n'y a qu'une solution, c'est de manger. » Il lui avait au préalable posé les questions que l'on pose habituellement dans ces cas-là : si ce n'était pas un chagrin d'amour, si elle s'entendait bien avec sa mère, si cela ne la gênait pas que son père soit parti, si elle se trouvait trop grosse, si elle aurait préféré être un garçon...

Elle tente en vain d'expliquer qu'elle se trouve normale, que les mères, vous savez, s'inquiètent anormalement... Jusqu'à ce que mon tout, un monsieur éminent, décide que l'hôpital est la seule solution.

Devant l'hésitation de ma mère, le professeur décréta que, de toute façon, il n'y avait pas le choix, que si je ne me rendais pas à l'hôpital moi-même, dès le lendemain, on viendrait me chercher, que ma mère serait coupable d'un assassinat si elle me laissait ainsi.

Assassinat. Le mot, dit par un étranger de poids, serait-il cette fois-ci entendu ? Valérie espère qu'à la faveur de la gravité de la situation, dénoncée par un spécialiste, sa mère revenue « bronzée et incompréhensive » de Tunisie comprendrait.

Le soir même, la mère invite la fille à dîner dans un restaurant inscrit au Bottin Gourmand. Soufflé de poisson au coulis d'écrevisse, selle d'agneau au genièvre. Méli-mélo de salades du jardin et petite soupe de lotte à la fleur de safran. Elles ne sont pas seules. Il y a un ami. Il y a toujours quelqu'un d'autre. Même aux heures les plus graves. Le malentendu est immense, la distance infranchissable. C'est la fille que genièvre, safran et écrevisses laissent de marbre, mais c'est la mère qui se plaint et quémande.

— On veut me voler mon enfant, dit-elle à l'ami.

— Tu seras raisonnable pour sortir vite, dit-elle à sa fille.

Elle ajoute même que ce sera encore plus dur pour elle.

Décidément, Valérie n'existe pas. C'est elle qui, demain, perd la liberté mais c'est sa mère qui se sent emprisonnée, dans une sorte de surenchère de la souffrance. Comme si l'enfant n'était pas née et qu'elle la portait toujours en elle, à l'image de ces poupées russes en bois peint qui s'emboîtent les unes dans les autres. Il faut les ouvrir pour voir que chacune en contient une autre, sauf la dernière qui, elle, est vide. Du moins vide de poupée car elle est en bois plein.

De n'avoir pas engendré, elle pèse plus lourd que les autres.

Valérie ne dit rien.

Laisse parler sa mère.

Elle a lu quelque part que des Japonais arrivaient, avec un seul cri, à briser un mur de briques. Art martial ? Elle n'était pas si loin de ça. Elle croyait qu'un mot fort comme « assassinat » ouvrirait une brèche dans le mur maternel.

Maintenant, les convives s'évanouissent dans le brouhaha. Entre deux goulots de bouteilles, elle aperçoit son reflet dans le miroir. Visage fermé, mi-chien battu, mi-loup des steppes. Les commissures des lèvres plongent résolument vers le sol. La paupière est lourde : la rancune. Des mots remontent dans sa mémoire, les mots d'un poème qu'elle a lu quelque part :

Vos enfants ne sont pas vos enfants.
Ils sont les fils et les filles du désir de la Vie pour [elle-même.
Ils viennent à travers vous mais ne viennent pas de vous.
Et bien qu'ils soient avec vous, ils ne vous appartiennent [pas.
Vous pouvez leur donner votre amour, mais non vos [pensées,
Car ils ont leurs propres pensées.
Vous pouvez héberger leur corps, mais non leurs âmes,
Car leurs âmes habitent la maison de l'avenir, que vous ne [pouvez visiter, même en vos songes.
Vous pouvez vous efforcer de leur ressembler,

Mais ne cherchez pas à faire qu'ils vous ressemblent[1]...

Elle ne retrouve pas la suite.

Et puis, sa mère, qui boit du Saint-Amour avec l'ami, ne lit pas la poésie.

Et puis, elle est extrêmement fatiguée. La ronde des plats, regorgeant de sauces, de chairs molles aux couleurs criardes, lui donne le vertige. Sa respiration se fait haute, brève. Ses pensées sont blanches. Elle est tendue comme une corde mais s'habille d'indifférence et de silence.

1. Khalil Gibran, *le Prophète.*

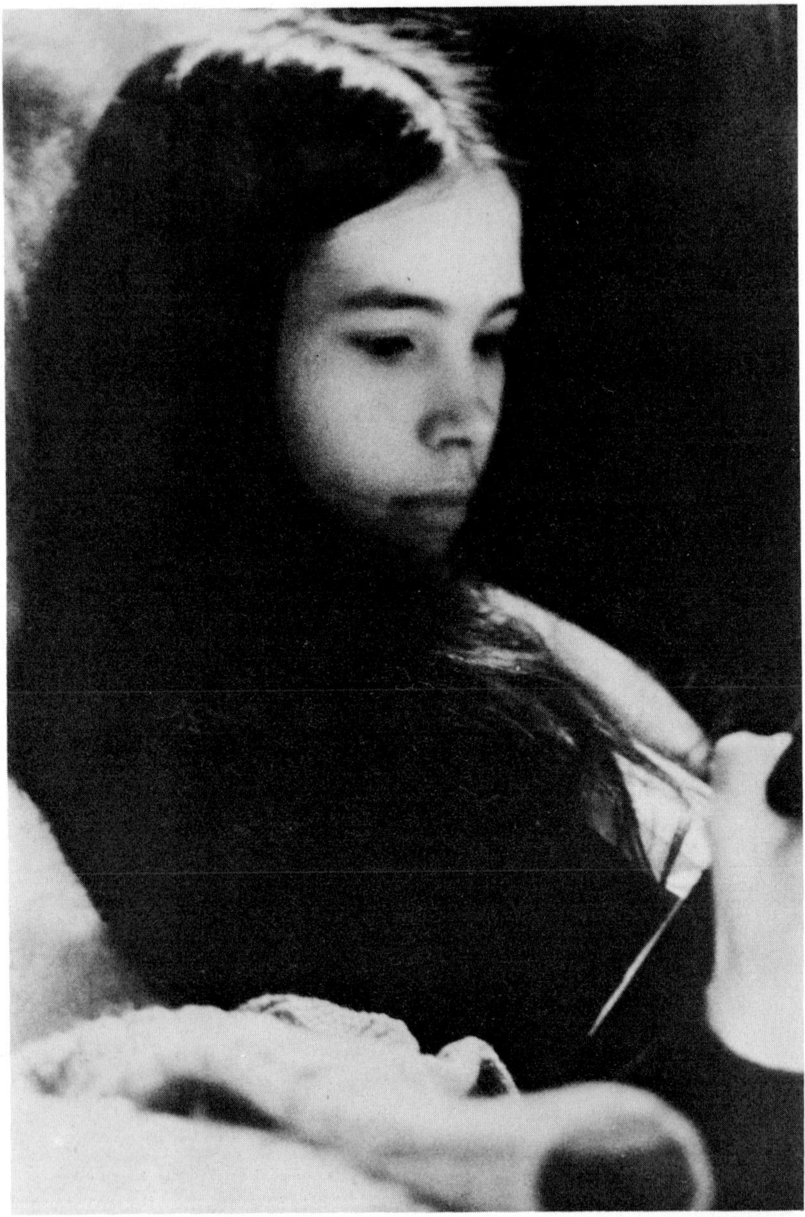

Photos Guy Lenoir

3

L'anorexie : un destin exceptionnel

C'est une maladie grave. Plutôt une façon grave de dire quelque chose qui ne peut plus être contenu, une ultime tentative de communication, un dernier appel des profondeurs. L'anorexie est vécue comme un acte d'affirmation de soi. Le seul qui vous reste.

Comme le comédien, l'anorexique ne possède qu'un seul instrument : son corps. Pour séduire, l'un tâche d'en exprimer toutes les notes. Tandis que l'autre, à l'inverse, s'évertue à les éteindre, une à une.

Pour une autre séduction ?... Peut-être.

Poids plume sur le siège avant de la voiture de sa mère, qui se dirige vers l'hôpital, Valérie se tend dans un dernier rêve : au prochain feu rouge, elle ouvrira la portière, s'échappera en courant, déchirera d'un seul coup les cent liens invisibles qui la relient à cette femme qui pour elle est une carnassière dans laquelle elle se sent absorbée, engloutie.

Les grandes nefs ne se retournent pas sur les youyous qu'elles traînent, contre vents et marées, derrière elles. Le petit prolonge le grand, se perd dans son sillage. Peint aux mêmes couleurs, il se confond avec lui, ne possède pas de physionomie propre. Il ne se révèle que dans les situations ultimes et désespérées, lorsque le grand fait naufrage.

Aujourd'hui, c'est le petit qui sombre. Valérie, trop légère, n'a plus de force. Elle a même perdu le mode d'emploi des radeaux de sauvetage qui précise de « détacher le container de ses points de fixation », de « jeter son sac par-dessus bord », de « tirer d'un coup sec et énergique sur la drisse de manœuvre » et d'« embarquer rapidement même si le gonflement du radeau n'est pas terminé ».

Valérie ne peut s'échapper de cette voiture qui la conduit à l'hôpital. La drisse de manœuvre, ou plutôt, selon ses termes, la bonne clé qui eût ouvert la bonne porte, elle ne l'a pas.

Ronald Laing écrit que la sortie passe par la porte mais, ajoute-t-il, « conformément au fantasme du nexus, sortir est un acte d'ingratitude, ou de cruauté, ou un suicide ou un meurtre ».

Pour « sortir » (émerger, naître), Valérie oscillera entre le meurtre et le suicide, opposant à la violence souterraine qu'elle a subie, la puissance claire d'une destruction évidente.

Mais que détruit-elle ?

Ce corps qui n'a pas été cajolé, cette apparence jugée belle, ou laide, selon les jours, cette « chose » de sa mère, tellement chose qu'elle n'en ressent même plus les sensations.

Même pas l'instinct primaire de la faim.

Alors, que détruit-elle ?

Vue de l'extérieur, une petite fille plutôt jolie, intelligente, une enfant sage qui dit peu de mots, et jamais un mot plus haut que l'autre.

Christine, une trentaine d'années, est anorexique depuis dix ans. Elle a longuement correspondu avec Valérie ; elle l'a rencontrée vers la fin de sa vie :

— Je l'aimais tellement ! En la perdant, j'ai perdu ce à quoi je tenais le plus au monde. Plus qu'à ma famille.

J'ai haï la vie qui me l'enlevait. A ce moment, les docteurs m'ont internée, redoutant mon suicide. Depuis que je vis seule, sans amie, à la dérive, me droguant de cachets pour fuir la vie, je n'ai plus rencontré quelqu'un comme Valérie, gentille sous ses dehors agressifs et froids, sensible, fragile. Je ne savais pas ce qu'elle vivait car elle parlait très peu d'elle-même mais je sentais quand elle rechutait. Alors je lui écrivais pour l'arracher à ce que je ne savais pas mais qu'elle vivait.

Les parents de Christine qui sonnent à tout bout de champ chez elle, son psychiatre, « qui ne parle pas », lui avaient formellement interdit de me[1] recevoir : cette visite intempestive allait faire resurgir Valérie !

— Elle est vraiment tabou, Valérie, dans l'univers psychiatrique. J'ai entendu dire que, si elle avait rencontré d'autres médecins, elle s'en serait sortie... Il y a quelques années, j'étais internée à L... Un soir, on a repassé Valérie à « Apostrophes ». J'aurais tellement voulu la voir mais les infirmières ne me l'ont dit que le lendemain.

Dans le petit monde de l'anorexie, Valérie la sulfureuse est le mauvais exemple, celle qui ne guérit pas. Pour les soignants, un symbole d'échec.

Christine, qui était autrefois enseignante, titube entre ses boîtes de cachets, ses ampoules vides, ses pipettes qu'elle n'arrive pas à faire fonctionner. Hier, elle a bu par mégarde toute une fiole calmante, dont il ne fallait consommer que trois gouttes par jour. Ce matin, elle se cogne aux coins de la table, aux murs de son petit appartement.

Prise de quintes de toux qui lui brisent les côtes, elle n'arrive même plus à composer le numéro de téléphone

1. Pour parler de Valérie, j'ai été la voir à St M...

du médecin. Mais, quand elle évoque Valérie, tout son visage s'éclaire :

— Nous avions beaucoup de choses en commun.

Il y a des semaines que Christine ne met plus le nez dehors :

— J'ai repris quelques kilos à cause des médicaments. Je me sens mal dans ma peau. Une sorte de saleté que je vis... J'ai peur de manger parce que je veux avoir un corps de gosse. Pas un corps de femme. Ça m'écœure. Je n'ose pas sortir tellement j'ai honte de mon corps, grossi malgré moi.

Quand on la regarde, elle ne semble ni grosse ni maigre. Normale. La sensation qu'elle a d'elle-même est subjective, comme on dit. Mais les observations des autres ne peuvent plus la persuader.

L'agressivité non exprimée, Valérie, l'enfant sage, va l'imprimer sur son corps.

Elle n'a plus le choix.

Pour continuer à vivre, elle doit se détruire : « Leur sentiment d'intégrité, d'individualité, l'impression qu'elles avaient de ne pas être rien ou de ne pas être assimilables dépendaient de ce qu'intérieurement elles savaient, sans évidemment jamais l'exprimer ouvertement, qu'ils (les adultes) avaient tort [1]. »

« Je veux avoir un corps de gosse », affirme Christine.

Pas plus que Christine, et que sans doute la plupart des anorexiques, Valérie ne veut un corps d'adulte.

Elle aura treize ans dans quelques semaines, elle est arrivée dans une impasse. Son corps menace — avec ces bouts de seins qui commencent à pousser, ces gouttes de sang qui ont taché son jean blanc — de se transformer, de devenir comme *eux,* les adultes, comme *elle,* sa mère, une femme. Un dégoût s'empare d'elle, elle ne va pas franchir cette étape ! Un processus à stopper immédiate-

---

1. Kestemberg, *la Faim et le Corps, op. cit.*

ment ! N'être que cela, fille de l'homme et de la femme, lui semble terrible, réducteur.

Leur ressembler ?

« Je suis le fils de l'homme et de la femme d'après ce qu'on m'a dit. Ça m'étonne... Je croyais être davantage ! Au reste, que m'importe d'où je viens. Moi, si cela avait pu dépendre de ma volonté, j'aurais plutôt voulu être le fils de la femelle du requin dont la faim est amie des tempêtes et du tigre à la cruauté reconnue. » (Lautréamont, *Maldoror,* chant Ier.)

Elle s'identifie non pas à ces êtres de chair, à ce père, à cette mère qu'elle méprise, mais aux figures idéales, dont elle se nourrit depuis des années, la petite fille du roman de Le Clézio qui traverse seule le désert, la silhouette filiforme de la danseuse qu'elle a imaginée. Elle aime ces êtres du vent. Comme le conseillait Epicure dans sa lettre à Ménécée : se suffire à soi-même est la seule voie qui permette d'éviter la douleur.

Bien sûr... Mais elle n'est pas Epicure, elle a treize ans, elle souffre de ne pas être reconnue comme elle le voudrait par ces êtres de chair : « Etrangers au monde extérieur, ils en sont tout de même persécutés, agressés, incompris... Ils se sentent persécutés par les membres de leur famille en raison de l'intérêt de ceux-ci pour ce qui, eux, ne les intéresse pas [1]. »

Elle « sent » qu'ils sont comme drogués, qu'ils vivent sous hypnose. Ils jouent des rôles. Empilement de cartes de visite, de discours *fast-food,* armoires bien remplies aux tiroirs savamment arrangés. Ils soignent leur look, notamment leur look de parents, dont elle n'est que le faire-valoir. Tous leurs efforts portent sur l'apparence (l'appât rance) et ils sont affectivement froids. Tout juste s'ils ne nourrissent pas leurs enfants pour satisfaire le regard des autres, celui de la concierge, de la bouchère. Pour éviter leurs réflexions désobligeantes.

1. Kestemberg, *op. cit.*

Comme ils astiquent leurs cuivres avant de recevoir. Mais elle, Valérie, compte pour du beurre, le beurre rance de l'apparence.

Christine pense être tombée malade de sa mère :

— Elle ne donne aucune affection. C'est le vide complet. Mais elle demande, elle réclame. Un jour, elle me dit : « Viens », « Mange ». Le lendemain, elle est très froide, se retire complètement. Un jour, j'ai craqué, je n'ai plus mangé... Je peux faire une tentative de suicide, elle ne viendra même pas. On ne sait plus où on en est.

Depuis que Valérie est née, tous les gestes tentés vers sa mère sont restés suspendus dans le vide. Pas de prise réelle, authentique à laquelle s'accrocher. Alors, à son tour, elle lui donne à toucher le vide. A sa façon, en refusant de se remplir, elle renvoie sa mère à ce vide qui lui a été proposé et auquel elle s'est identifiée.

En rejetant ce corps qui « appartient » à sa mère, est-ce qu'elle ne va pas enfin réussir ce qu'elle a raté autrefois lorsqu'elle s'était enduite de peinture à l'huile : se faire remarquer d'elle et donc s'affirmer en lui manifestant une insatisfaction évidente, visible, tangible ?

Cri d'amour qui n'a plus conscience de lui-même.

Mais Valérie n'entend qu'une voix puissante qui lui ordonne de tuer la faim.

Sheila Mac Leod, ex-anorexique, s'expliquait ainsi dans *l'Art de mourir de faim* : « En devenant anorexique, je disais... trois choses au moins. La première était : je veux me libérer de toi, mère, mais je me sens coupable d'une telle trahison, c'est pourquoi je ne peux me libérer complètement. La seconde : si je suis moi, je suis en vie ; si je suis toi, je suis morte et je ne saurai dire quelle est la différence. La troisième : je dois être moi (l'anorexique) parce que je ne veux pas mourir. »

Une force l'entraîne malgré elle. Elle ne résiste pas à la puissance de ce courant, fort d'avoir passé tant de saisons sous la glace, eaux dormantes au regard des touristes, mais qui, secrètement, se préparaient à jaillir, dévastant tout sur leur passage. Torrent de montagne, dont la violence indifférente, implacable, méconnaît tous les barrages. Fleuve des Enfers, Styx dont les eaux magiques ont le pouvoir de vous rendre invulnérables. « Mon corps devient le symbole visuel de l'ascétisme et de l'esthétique à l'état pur, le symbole d'un être pour ainsi dire intouchable, invulnérable à la critique » (une anorexique).

Christine explique que, vide, l'on n'a plus besoin des autres :

— Le vide, c'est super, dit-elle. Tu détraques ton organisme, tu t'affales par terre. Tu ne vois pas d'étoiles mais, vide, tu as beaucoup moins d'idées de suicide que remplie.

Vide, je ne me sens pas bloquée, je n'ai plus de contacts avec l'extérieur. Savoir comment ils ont passé leur après-midi ne m'apporte rien. Je suis dans mon monde, je ne suis plus agressée.

Si on lui demande où la mène ce chemin :

— Il m'est impossible de faire demi-tour. Je savais en maigrissant que je ne pourrais plus remonter la pente. Mais je ne sais pas où cela me mène.

Pour Valérie, il est temps de partir. Etrange voyage dont la nécessité impérieuse, qui vous entraîne sur des chemins non balisés, demeure, aujourd'hui encore, une sorte d'énigme pour ceux qui restent à terre.

Pourtant, il y a un demi-millénaire que l'on s'interroge.

En l'an 1500, Simone Porta o Portio observe le premier cas d'anorexie mentale. Depuis, on a beaucoup décrit cette « consomption nerveuse », cette « inanition hystérique » (Lassègue, 1873), cette « névrose de nourriture » (Freud, 1895), cette « anorexie des vierges » (Babinski, 1895), cette « névrose d'organe » (Meng et Grotte, 1934)... A coups de symposiums et d'ouvrages savants, on lui a trouvé toutes sortes d'origines : état morbide causé par des troubles centraux héréditaires, perte d'appétit lié à une perte de la libido, névrose venue d'une excitation du nerf du goût sous l'influence de chagrins et d'angoisses, d'une honte du corps... Sans négliger le rôle de l'hypothalamus — tumeurs du troisième ventricule — et, bien sûr, le rôle de la mère.

Cette maladie manifesterait une malformation du moi, un blocage entre la position schizo-paranoïde et la position dépressive... Elle serait une tentative pour rétablir l'unité avec la mère ou pour s'en séparer...

Une importante littérature est consacrée à ce mal étrange qui fait que, paradoxalement, il faille mourir de faim pour vivre : « Leur corps, dont les besoins sont vécus comme méprisables, au regard de leur propre image idéalisée, représente une blessure permanente, une dérision morcelante, qui les contraint à ne le point satisfaire sous peine de se détruire. »

Toute la vie de Christine est centrée sur la nourriture, sur la lutte qu'elle mène pour ne pas manger :

— Quand il n'y a rien dans le frigidaire, je me sens frustrée et quand il est plein, je n'ai envie de rien.

Quand elle passe devant un commerce, elle retient sa respiration. L'univers des gens qui mangent est écœurant.

Ce que disent les psychiatres est faux. Ça n'arrive pas comme ça sans qu'on l'ait voulu et mûrement réfléchi. On ne peut pas du jour au lendemain ne plus connaître la faim, ne plus avoir besoin de rien, c'est faux ! C'est un entraînement, un but : ne plus être comme tous les autres, ne plus être esclave de cette exigence matérielle, ne plus jamais sentir ce plein au milieu du ventre, ni cette fausse joie qu'ils éprouvent lorsque le démon de la faim les tiraille. J'ai l'impression que cette règle mène vers un autre monde, limpide, sans déchets, sans immondices, personne ne se tue puisque personne n'y mange...

Le cycle de la nourriture implique de « gagner son pain à la sueur de son front » et, dans ce but, de se livrer à toutes sortes de compromissions et de compétitions. Et quel but ! Il se résume à une lancinante répétition : gagner de l'argent pour acheter de quoi manger, absorber, digérer, évacuer. Et cela, tous les jours de la vie.

Participer de ce système, comme du système sexuel, qui entraîne la procréation, outre la répétition, est une déchéance. Ceux qu'on appelle les anorexiques lui préfèrent le vide.

Les spécialistes de l'anorexie évoquent une jouissance possible, un « orgasme de la faim », une dissolution dans le nirvana. Pas plus Valérie que Christine ne mentionnent cet état extatique. Christine dit bien qu'elle n'a pas vu d'étoiles.

Dans la symbolique bouddhique, le tourment des Preta, ou fantômes affamés, consiste à ne jamais trouver ce qu'ils cherchent. En proie à une faim insatiable, ils sont fascinés par le manque.

Comme si cette sensation les excitait et les occupait, leur donnait quelque chose de solide à quoi se relier, un sentiment de sécurité qui leur prouvait qu'ils étaient de vrais êtres dotés d'existence.

Ces esprits avides sont à l'image des humains dont la nature ne peut plus générer le désir. Avarice et attachement entraînent une réincarnation dans le royaume des Preta, ces drôles de personnages qui appartiennent à l'un des six états d'existences cycliques représentés sur la traditionnelle roue de la vie. Leur cou est long et fin comme une paille et ils roulent, tels des tonneaux, sur leur ventre.

Leur vie est désespérément longue (beaucoup d'anorexiques se vivent immortels). Les Preta ont des millions d'années devant eux. Après une errance de cinquante ans, il arrive qu'ils trouvent trois grains de riz. Mais le riz se bloque dans leur gorge trop étroite. S'il parvient à l'estomac, il provoque d'atroces brûlures. Ou bien, lorsqu'ils rencontrent une nourriture d'aspect succulent, elle se transforme à leur approche en matières ignominieuses. Ils se sustentent des odeurs, de l'essence des mets et il est dit que, seules, les offrandes d'êtres très purs leur sont accessibles.

C'est exactement le traitement inverse dont va être victime Valérie que sa mère vient de laisser à l'hôpital de S...

Où l'on verra que le refus du cycle de la nourriture est inadmissible.

Nous aimerions rester au seuil de cette « sale bâtisse », l'hôpital de S..., le « Pavillon des enfants fous », où, durant quatre mois d'un interminable automne, va se livrer un combat acharné.

Plus tard, Valérie ne repassera pas devant ce mur de briques rouges sans un haut-le-cœur, le même qui la saisira lorsqu'elle s'assiéra pour lire dans un square et que ses grilles lui sauteront au visage. De cet enfermement, elle gardera une irrépressible nausée, la même, un ton au-dessus, que celle qui l'habite depuis sa naissance.

Violence, sadisme, mensonge, rien n'est épargné à Valérie. Et pourtant, cet établissement hospitalier de l'Assistance publique est l'un des plus illustres de Paris. Mais ailleurs, dans un autre hôpital, elle eût, selon le psychiatre Roger Gentis, subi la même torture : « Cette " maladie " suscite toujours autour d'elle scandale, sadisme, méconnaissance active et passionnée. Il y a là quelque chose, écrit-il en février 1979 dans la revue

Psychanalyse et psychiatrie, qui tient peut-être à la problématique orale de cette névrose, et à ce qu'elle manifeste insolemment de la pulsion de mort : l'attitude générale, soignants compris, vis-à-vis de ces jouvencelles, est sensiblement la même qu'à l'égard des alcooliques. Aussi relèvent-elles, et depuis longtemps, d'un conditionnement analogue : érigées en thérapeutiques, la punition et (accessoirement) la récompense constituent ici l'essentiel de la cure. »

Récompense, punition, cette façon de « soigner », Valérie, qui l'a subie, la met en scène dans *le Pavillon des enfants fous* :

La porte s'ouvre, le « cheval » apparaît, menaçant. Ils se disent bonjour avec amabilité, l'interne s'incline devant le chef de clinique. Comme je ne veux pas me mêler de la conversation, ils se parlent entre eux...

— Dans une semaine, on met la sonde ? Si elle n'a pas pris de poids ?

— Oui, il faut bien le lui faire comprendre. Elle se plaît trop ici. Alors on va sévir un peu plus pour qu'elle ait envie de partir.

— Pourquoi s'entête-t-elle dans son mutisme, à votre avis ?

— Réponds à ton médecin, je vais me fâcher si tu ne réponds pas !

Combien de fois dans *le Pavillon,* la visite de sa mère est présentée à Valérie comme une récompense :

... Je lui dis que les épinards enduits de beurre m'écœurent vraiment trop, je mangerai autre chose à la place.

— Non, il y a du fer dans les épinards, il faut les manger.

— Mais qu'est-ce que ça peut faire si je mange autre chose ? Et puis, ils ne font même pas grossir.

— *Mange-les ! Sinon, j'empêche ta mère de passer tout à l'heure.*

C'est d'un véritable combat que Valérie nous parle. Lutte impitoyable entre celle qui veut mourir et ceux qui veulent l'en empêcher, lui faire réintégrer les normes de la vie.

Son désir de mort est visible, pressé, inexorable. Pour continuer à vivre, elle doit apprivoiser la mort, lui soustraire quelques provinces. Suicide, dira-t-on, ou encore mortification qui opère, selon certains religieux, la séparation de l'âme, son détachement du corps et manifeste, selon certaine philosophie, une conscience de l'ordre du monde : « Si l'homme de bien pouvait prévoir l'avenir, il coopérerait lui-même à sa maladie, à la mort, à la mutilation, parce qu'il aurait conscience que, en vertu de l'ordre du monde, cette tâche lui est assignée. » (Epictète.)

Pour Valérie, ceux qui, mus par un puissant instinct de conservation, se « font » à la vie sont les adversaires. Ils procèdent par paliers d'adaptation : les illusions cèdent mais l'espoir demeure. Le pire, pour elle, c'est qu'ils veulent l'entraîner sur ce chemin qu'elle juge terriblement médiocre.

Les protagonistes sont perdus, l'une dans l'exigence mortifère de son cheminement intérieur qui va modifier ses états de conscience, et les autres dans la façon dont ils s'y prennent pour la « sauver ». Personne ne gagnera parce qu'on ne peut affirmer sans rire que l'objectif, une fois atteint (une prise de dix kilos), signifie la guérison.

Insuffisamment armée, Valérie sera aussi vaincue. Son rêve de vengeance contre les psychiatres, les infirmières, les parents, va lui accorder un sursis, lui donner la force de quitter cette prison. Mais déjà, elle en a presque épuisé les vertus. Parce que, chargé de rancœur et de haine, ce rêve est devenu dur comme pierre. Il contamine les autres, ceux auxquels elle s'accroche désespérément. Elle imagine un métier (sans préciser lequel), des amis parfaits (mais ils n'ont pas de nom) et surtout... Une revanche certaine.

Où sont la danseuse et l'enfant voyageuse ?

Ses rêves manquent alors de la souplesse, de la mouvance et de la fugacité, conditions premières de leur efficacité. « C'est à un combat sans corps auquel il faut te préparer, tel que tu puisses faire front en tous cas, combat abstrait qui, au contraire des autres, s'apprend par rêverie » (Henri Michaux).

Trente et un kilos.

Immensément faible.

Sa tête tournoie comme un manège qui, jamais plus, ne s'arrêterait.

Elle a devant les yeux un kaléidoscope de couleurs, celles que perçoivent les preneurs de LSD et de champignons hallucinogènes qui s'écartent un tant soit peu du monde pour expérimenter. Dans cet état (son corps arrive à peine à la porter), elle se trouve confrontée à ce que le monde contient de plus dur. Elle a la sensation de franchir une frontière :

— Vos papiers ! demandent les douaniers-psychiatres.

Elle pénètre dans un univers de fer (froid, lisse), dépourvu du moindre sentiment, dans un labyrinthe de couloirs, interrompu par des petits bureaux comme autant de cases d'un jeu impitoyable.

Le camp adverse est vulgaire, laid, bête. Mais il faut s'en méfier, il est rusé (la gentillesse est une ruse). Elle note des « petits yeux bleus et méchants », « des visages minuscules », des « airs mielleux », des « bas opaques et des chaussures de grand-mère qui n'irritent pas les pieds ».

Aux interrogatoires répétitifs, stéréotypés :

— Pourquoi tu refuses la nourriture ? / Ça t'a rien fait quand ton père est parti ? / Et ta mère, qu'est-ce qu'elle a fait ? Comment elle a réagi ? / Tu sortais beaucoup ? / Pourquoi étais-tu si renfermée ? / Tu n'avais pas de petit ami ? /...

Elle ne répond pas, ou à peine, oppose le silence.

D'où jaillit la force alors que les nerfs sont à bout, que la chair est épuisée ? De la révolte et de la haine.

A l'univers du fer qui frappe, elle oppose celui du feu qui consume. Contre la technique froide des balances, des analyses, des papiers millimétrés, des appareils à radiographier, des seringues à prendre le sang, des plateaux à donner à manger, des clés à enfermer, des questions pour savoir, elle déploie tout ce qu'elle possède : des sentiments. Cette révolte, cette haine.

Elle n'est plus que cette force centrifuge de haine qui rejette, expulse, met à distance... sépare pour lui donner peut-être enfin la chance de gravir les parois du puits noir dans lequel elle est tombée.

D'aborder, croit-elle, des rivages plus clairs.

« Ils ne m'auront pas », répète, en voix *off,* intérieurement, le disque, rayé comme le « Tu es laide » et le « Tais-toi » d'autrefois, dits, eux, à haute voix.

Se faire avoir voulait dire accepter d'ingérer cette nourriture qui, symboliquement, a pris la valeur de ce qui vient d'autrui. Or, les apports extérieurs, il y a des années qu'elle a appris à ne plus compter dessus, à s'en passer, à, surtout, n'en pas dépendre. Un jour, ce sont les aliments dont il a aussi fallu se libérer, « leur sale bouffe », dit-elle.

La route empruntée l'a menée à tracer cette invisible frontière entre elle, qui ne possède plus rien, et eux, auxquels elle laisse tout, jusqu'à la nourriture qu'elle a réussi à transformer en mets écœurant, en poison. Eux dont elle ne veut rien recevoir parce que ce qu'ils donnent n'est qu'une façon de la dépouiller encore : « Les anorexiques vivent ce qu'on leur donne, l'intérêt qu'on leur accorde comme autant de choses qu'on leur prend. L'intérêt et le don ne correspondent jamais à leur propre attente [1]. »

Le frère de Valérie, l'être qu'elle chérissait, s'est lui-même trouvé démuni.

— Elle a vécu dans l'indifférence de tout, disait-il. La vie, c'était pour les autres. Elle envoyait des livres comme on envoie des bouteilles à la mer. La seule chose qu'on pouvait lui donner, c'était du papier.

Le papier, chose très nécessaire aux écrivains, chez la plupart desquels elle retrouverait un écho dans cet amour du rien. « Je ne me trouve bien qu'en présence de rien du tout, du vide... Moi qui aime tant être rien », écrivait Céline, dont les repas étaient frugaux. « Je n'arrive en définitive, constatait-il, à classer les hommes et les femmes que d'après leur poids. »

Dès son entrée à l'hôpital, on lui enlève son seul bien, les interminables livres minutieusement choisis dans lesquels elle aime se plonger. Sous prétexte qu'elle doit se reposer, on ne lui laisse que son ridicule pyjama en peluche.

La voici mise sous clé, entre quatre murs jaunâtres, troués d'une fenêtre au carreau opaque. Même le radiateur est grillagé et il y a des cafards dans les toilettes.

Les gens du Moyen Age qui souffraient de malnutrition chronique avaient des visions. Valérie, non. Du moins, elle ne les mentionne pas, ne témoignant que d'une extrême lucidité. Mais elle subit d'autres effets. Le sentiment qu'elle a du temps est perturbé. Il n'y a plus d'heure, un genre d'éternité, bleue comme la veilleuse du couloir constamment allumée. L'infini s'écoule, interrompu par le retour des plateaux systématiquement rejetés et le reflux des interrogatoires auxquels elle ne répond pas.

1. Kestemberg, *op. cit.*

Valérie demeure forte, persuadée d'avoir raison.

« Ils nient toujours leurs troubles », constatent les spécialistes de l'anorexie. Valérie, qui se vit comme normale chez les fous, analyse froidement la situation. Pour elle, les fous, ce sont ces filles qui se balancent dans un mouvement sans fin comme les singes, ces blondes cadavériques qui vocifèrent, les yeux dans le vide, les bras ballants, celles qui relèvent leurs jupes sur leurs énormes cuisses, celles qui pleurent, celles qui supplient, celles qui finissent par céder pour obtenir une « permission » (comme à l'armée).

Au premier abord, Valérie ne les comprend pas. Elle détourne même le regard de peur d'être contaminée. Sa révolte, érigée en refus absolu, passe par un contrôle et une maîtrise parfaite d'elle-même et de ses fonctions corporelles, ce corps qui porte le désir et qui pour cette raison même est haï doit devenir machine, comme les distributeurs de boissons qui vous rendent la monnaie, ou de billets qui, sans le moindre sourire, vous intiment, en lettres lumineuses sur écran, des ordres divers mais efficaces. La moindre fantaisie vous rend votre carte mais ne vous donne pas d'argent.

Le corps aussi doit devenir efficace par lui-même et pour lui-même dans un système autonome, une sorte d'autarcie où l'énergie n'est puisée qu'en soi. Vengeur, ce corps transformé réduit l'autre à un simple rouage, inutile et piteux, mais, avouent les spécialistes, « sans cesse manipulé ».

A force de les côtoyer, Valérie finit par comprendre que ceux qu'on appelle les fous se protègent infiniment mieux qu'elle. Ils ne manipulent pas mais ne donnent aucune prise :

Ce sont eux les plus intelligents, les plus forts. Ce sont eux qui finiront par gagner. Ils me font peur... Ils ont une supériorité trop grande, ils ont su refuser le monde... Eux seuls possèdent une sorte de bonheur... Personne ne peut les comprendre car ils l'ont décidé ainsi... Leur univers est un domaine privé...

En eux, elle perçoit des entités invulnérables alors qu'elle, après trois semaines d'abstinence complète, sent qu'elle va craquer. Non pas qu'elle ait faim, ce désir-là est bien mort. Mais les menaces risquent d'attenter à la toute-puissance qu'elle s'est forgée. On parle de la gaver comme une oie à l'aide de sondes nasales. Le jeu (*Ils s'amusent avec mes kilos comme avec des balles*) devient inégal. Chaque plateau refusé était une victoire sur leur puissance. Mais que faire contre une sonde ?

Que faire contre une infirmière qui vous écarte les dents de force avec une fourchette, qui vous enfonce une crème jusqu'au fond de la gorge en vous promettant en prime la visite de maman si vous passez à trente-cinq kilos ? Cette maman qui viendra mesurer les progrès, « bronzée et maquillée » avec « son sourire figé », « son regard de vipère », ses questions (« Tu veux me rendre malade ? »), ses affirmations autoritaires (« Je ne céderai pas »), son bureau, son divorce, ses accusations contre le père qu'il lui retournera, lorsque, à son tour, il rendra visite à la petite.

Intermédiaire et caisse de dépôt des plaintes. Non, cette perspective ne correspond pas à l'attente de Valérie. Seul, le désir de vengeance lui donnera l'énergie de différer la mort qui l'attire comme une « maîtresse » passionnément aimée : *Je sais que la mort est belle.*

L'infirmière sadique est repartie, laissant Valérie hagarde sur son lit avec le sentiment qu'elle va se laisser avoir. Elle qui voulait gagner le droit à l'existence est en train de perdre : « Le corps décharné de l'anorexique clame : " J'ai gagné, maintenant je suis. " Sans l'anorexie, je n'aurais été personne. Débarrassée de la chair et de la menstruation indésirable, j'étais devenue pure et propre, et par conséquent supérieure à ceux qui m'entouraient » (Sheila Mac Leod dans *l'Art de mourir de faim*).

Valérie, qui se livrait à une performance dans l'espoir d'être enfin reconnue, constate que le monde médical est, comme ses parents, froid, dur, fermé, insensible. Pourtant, elle aurait pu continuer encore longtemps, aussi longtemps que « le champion de jeûne » de Kafka, artiste admiré des foules que la règle oblige à cesser de jeûner au bout de quarante jours : « Pourquoi cesser juste à ce moment, juste après quarante jours ? Il aurait pu tenir encore longtemps, il aurait pu tenir un temps illimité. Pourquoi cesser juste à ce moment, au plus beau du jeûne, et même pas ? Pourquoi voulait-on lui ravir la gloire de jeûner encore, et, sinon de devenir le plus grand champion de jeûne de tous les temps — il devait l'être de toute façon — du moins de battre ses propres records, de les battre jusqu'à l'absurde, car il ne sentait aucune limite à sa faculté de jeûner. »

Mais Valérie se rend bien compte que, quel que soit son exploit, ses parents ne changent pas, ne pensent qu'à eux, se rejettent mutuellement la responsabilité :

Je ne parviendrai jamais à lui faire mal. On ne peut pas l'atteindre, elle est retranchée derrière sa mauvaise foi. Elle au moins, elle sait se défendre. Je lui crie : « Je te déteste », et elle prend cela pour de l'amour. Je lui crie : « Je te méprise », et elle prend ça pour de la folie. Je lui crie : « Tu n'es rien pour moi », et elle prend cela pour de la maladresse.

Il n'y a pas de réponse vraie. Du moins pas celle qu'attend Valérie : le diamant reste lamentablement bloqué entre deux sillons. Et le chant qui se poursuit n'est que chansonnette à laquelle Valérie ne peut joindre sa voix. Elle sait. Elle sait qu'elle n'abîme que l'image qu'ils (ses parents) veulent se donner, mais qu'elle n'atteint pas leur être profond : « ... Les gens me posent des questions, et puis je suis gênée pour sortir, je n'ose pas m'amuser, ma fille est à l'hôpital et moi je... Non, ce ne serait pas digne d'une mère... »

Valérie ne reçoit toujours pas la nourriture qu'elle attend. De même, le jeûneur kafkaïen n'avait pas rencontré d'aliments qui lui convenaient. A l'inspecteur qui lui demandait pourquoi il ne pouvait faire autrement que de jeûner, il avait répondu :

— Parce que je ne peux trouver d'aliments qui me plaisent. Si j'en avais trouvé un, crois-m'en, je n'aurais pas fait de façons et je me serais rempli le ventre comme toi et comme tous les autres.

Amour du rien, cher à Céline parmi bien d'autres, né de l'écart entre l'infinité du désir et le peu de moyens dont nous disposons dans la réalité pour le satisfaire.

Quelques jours après l'épisode de l'infirmière, Valérie retient son souffle, fixe le mur et, dans un effort surhumain, tente de mâcher, d'avaler :

Chaque miette m'éraflait la gorge comme une lame de couteau affûtée. Je devais m'y reprendre à plusieurs fois pour une malheureuse once de leur poison. Le regard ébahi sous la calotte blanche éclatait de victoire. Rien qu'à cause de cet air de triomphe dominateur, j'aurais voulu lui cracher mes bouchées à la figure. Mais non, c'est stupide, je me vengerai d'elle après.

Après... C'est le leitmotiv des anorexiques qu'elle rencontre à l'hôpital, seuls contacts chaleureux, complices, amicaux presque.

Elles sont trois, trois filles qui rusent pour se retrouver secrètement et partager des sentiments étonnamment semblables.

Aucune d'elles ne sait pourquoi elle a « fait » cela.

Elles considèrent leur anorexie comme un acte dont elles ignorent le pourquoi. Un acte que les autres devraient respecter mais, murés dans leur orgueil, persuadés de leur bon droit, ils s'acharnent à vouloir les gaver.

Aucune de ces filles n'imagine comment on peut reprendre goût à la vie, puisque tel est le but avoué, dans « une maison de fous »... *Dans leurs salles de bains à cafards et leurs chambres sans lumière.*

Ne reste qu'après...

Valérie vomit. On veut la remplir, elle se vide puisque c'est ainsi qu'elle se sent exister : vide.

« ... Le corps comme un bambou creux est dépourvu de substance. L'esprit est comme l'essence de l'espace, sans place pour les pensées...

« Sans esprit, sans désir.

« Existant par soi-même, apaisé de soi-même.

« Cela est comme une vague.

« La luminosité n'est voilée que par le surgissement du désir...

« S'il n'y a pas de désir, viendra l'union de la joie et du vide » (extrait des instructions transmises par Sri Tilopa à Naropa sur les rives du Gange).

Mais bientôt, Valérie ira contre son désir profond, elle acceptera de se remplir, de peser dix kilos de plus... Pour sortir.

Mais, c'est d'un enfer intérieur qu'elle tente de s'évader, ce puits noir...

Peut-être sous d'autres latitudes eût-elle rencontré moins d'obstacles, eût-elle été mieux accueillie, adorée même comme la déesse vivante du Népal.

Là-bas, on voit cette petite fille apparaître au balcon

d'un somptueux palais. Elle est vêtue de rouge et ses yeux sont outrageusement maquillés. Cette enfant népalaise a été choisie lorsqu'elle avait quatre ans, par les prêtres, dans une famille d'orfèvres : elle est la seule parmi d'autres à n'avoir manifesté aucune crainte alors qu'on l'avait enfermée dans une pièce sombre aux murs de laquelle étaient accrochées cent têtes de buffles sacrifiés.

Elle demeure au palais jusqu'au moment de ses règles ou de sa première blessure. Car aucune goutte de sang ne doit couler. Deux fois par an, lors de fêtes très importantes, elle est portée en triomphe dans toute la ville sur un char richement décoré. Ses pieds divins ne peuvent toucher le sol. La foule, roi y compris, l'adore et s'agenouille sur son passage en signe de profonde dévotion.

La déesse vivante, incarnation de Kali, dite aussi Kumari, représente dans la tradition la vierge éternelle qui ne dépend de personne. On lui reconnaît « une existence pure avec forme ou sans forme, le pouvoir seul constituant son essence ».

Dès que la première goutte de sang coule, la Kumari retourne vivre dans sa famille. Elle ne se marie pas car il est dit que l'époux de l'incarnation de Kali meurt prématurément.

Valérie, dans son refus absolu de la matérialité — nourriture, menstruation, sexualité même —, dans sa volonté de maîtrise totale pour ne dépendre que d'elle-même, évoque l'enfant du Népal.

Là-bas adorée, la même petite fille serait ici rejetée et enfermée. A supposer qu'elle puisse exister ! « La société moderne anthropoiémique qui rejette hors d'elle-même tous ceux à qui elle ne peut faire accepter les règles ingénieuses de son jeu exclut ainsi des faits, des théories, des attitudes et des gens... » (David Cooper).

Le malentendu est profond. Elle voulait devenir l'ombre de son ombre, ce qui lui semble alors la meilleure façon d'en finir avec ce monde impossible. Ce monde qui, lui, à l'inverse, a toujours besoin de grossir, de posséder des voitures chaque année plus puissantes, des vacances chaque saison plus lointaines, des livres toujours plus épais, contenant toujours plus d'informations à la page.

Dans le règne du plus, comment accueillir l'économie du moins ? Comment ne pas réagir lorsqu'une enfant squelettique, qui vous remet donc en cause de façon tangible, brutale, très impolie, clame :

Moi, à votre monde futile, dérisoire, vulgaire, médiocre, je préfère la mort.

Deux chemins inverses, aussi impérieux l'un que l'autre. Celui de Valérie, bien qu'il évoque le parcours des religieux, ne se réclamait d'aucune religion. Elle était une ascète sans Dieu. Dieu, elle s'en moquait.

Un jour que, dans les dernières années de sa vie, elle montait son escalier, tombant presque à chaque marche, comme cela lui arrivait souvent, elle avait dit à l'ami qui la soutenait dans cette pénible ascension et s'exclamait « Mon Dieu ! » :

— Ton Dieu, ton Dieu, si je le vois, je l'étripe !

Depuis la nuit des temps, d'autres que Valérie, sans être pour cela taxés d'anorexie, ont tenté de modifier leur corps. Comme s'il existait dans l'esprit de l'homme un instinct qui le pousse, à divers degrés, se servant de son corps comme d'un outil, à transformer ses états de conscience.

De Rimbaud et « le dérèglement des sens » érigé en éthique, à Baudelaire, chercheur de paradis artificiels à l'hôtel Pimodan, à Henri Michaux qui, délibérément, se livre des années durant aux expériences de la psilocybine pour conclure que ce raccourci vers les dieux doit être évité et qu'il existe d'autres techniques, à cette tribu en

Inde qui s'est infligé l'épreuve de poursuivre ses activités avec un bras levé pendant dix ans, aux samouraï...

Comme si n'être rien d'autre que ce paquet de chair, d'os, de muscles, d'organes, ce « pèse nerfs », où même la pensée est matière grise, était inacceptable. Comment être ce corps qui se donne à lire, qui nous trahit puisque, quelle que soit la coupe du vêtement chargé de l'habiller, il ne peut se travestir ?

Bien mieux que nos mots, il raconte notre histoire, parfois à notre insu, exprimant la part la plus inconsciente de nous-mêmes. Chaque souffrance passée est inscrite dans des tensions musculaires, infiniment difficiles à dénouer et qui affleurent à la surface, visibles. Tout est mis en œuvre pour retrouver, reconnaître, défaire et oublier, se refaire une virginité en quelque sorte, pourchasser le transitoire qui donne souffrances et insatisfactions. C'est un lieu commun de dire que beaucoup de nos contemporains cherchent, comme Valérie, à gravir les parois d'un puits noir.

Les parcs et les bois du monde entier deviennent, le dimanche matin, les cathédrales des joggers qui joggent parfois jusqu'à la crise cardiaque ou l'asphyxie.

Des femmes, pour maigrir d'abord, pour autre chose ensuite, se livrent à des jeûnes plus ou moins durables.

D'autres flottent hors du temps, dans le noir, sur quelques centimètres d'eau salée, dans ces caissons d'isolation sensorielle qui ressemblent à des caveaux. D'autres interrompent leur course pour s'asseoir en lotus et traquer la claire lumière.

D'autres, adeptes du kundalini yoga, entendent, par des postures féroces, réveiller la puissance du serpent lové au creux des reins. Dans un souffle forcené, une respiration du feu, ils projettent le ventre en avant et, brutalement, le collent aux reins, cependant que leurs bras sont tendus au-dessus de la tête et qu'ils récitent un mantra.

Cette quête de lumière emmène certains sur des routes plus sombres, drogue, suicide, anorexie. Les chiffres en augmentent chaque année, signes de l'emprisonnement mental d'une époque dont l'atmosphère rappelle celle des autoroutes, rectilignes avec leur florilège immuable de péages et de pancartes purement verbales. « Vous êtes en Normandie », « Route des abbayes », « Le Havre, porte océane », tous panneaux plantés pour donner encore des repères là où il n'y a plus que péages.

Bien sûr, il est possible de quitter l'autoroute, d'emprunter des chemins de traverse pour retrouver l'odeur et la saveur des choses, mais à ses risques et périls. Il est toujours possible de gravir ces chemins qui ne se trouvent que hors des routes embouteillées et loin des périphériques qui tournent en rond.

Mais au risque de se perdre.

Valérie, qui fuyait un monde pour un autre, semble avoir perdu, momentanément perdu. La loi du monde, la loi chrétienne, à laquelle elle s'oppose, est celle du respect de la vie. Elle commande d'empêcher la mort autant que faire se peut.

Valérie doit rebrousser chemin. Sa lutte pour la vie, ce qu'elle entend par la vie (et non la survie, la non-vie, selon ses termes), ne va pas cesser. Elle prendra d'autres formes.

Ses premiers interlocuteurs, ses parents, se sont adressés aux forces de mort en elle. Et cela l'a poussée à violenter impitoyablement cette part d'elle-même, charnelle, incarnée, terrestre, qu'elle ressentait comme étant la chose des autres [1].

---

1. « L'autre, s'il a recours à moi, c'est comme à quelqu'un qui n'est pas moi, le premier venu ou le dernier des hommes, en rien l'unique que je voudrais être. C'est en cela qu'il m'assigne à la passivité, s'adressant en moi au mourir même. » (Maurice Blanchot, *l'Ecriture du désastre.*)

Pour s'échapper ailleurs, Valérie veut leur laisser ce qu'elle considère comme la mort en elle, cette chose, ce corps. Ce corps qui, aujourd'hui, pèse dix kilos de plus, ce qui l'autorise à quitter l'hôpital.

Ailleurs.

— Elle était toujours ailleurs... Elle n'était pas comme nous, elle restait toujours triste, elle ne voulait pas manger. Elle s'était trompée de porte en entrant. C'est dans un autre monde qu'elle aurait dû aller.

Mais ailleurs est encore ici.

C'est à la maison que la voiture conduite par maman la ramène. Dans ce merveilleux « hôtel » qui vient de perdre un de ses clients puisque papa est parti.

4

A l'école du cirque

Je ne sortirai jamais. Dehors ne veut rien dire, le vrai « dehors » est à des milliers de distance...

Sortie de l'hôpital, Valérie se sent de nouveau, mais plus complètement encore, égarée. Perdue dans la rue où les gens déambulent, des gens en forme de clés. Comme ces psy qu'elle quitte à peine. Comme eux, ils ont le pouvoir d'ouvrir les portes, ils savent où ils vont. Ils sont droits comme les ifs, rigides comme le fer, personnages majuscules et séparés, figures à la Giacometti aux énormes pieds qui les attachent définitivement à la terre.

Et toutes ces femmes comme autant de chocs provocateurs qui traversent la vitre de la voiture, qui agressent la minceur de son corps vêtu de noir.

Toutes en vente.

Femmes aux fesses et aux seins moulés, femmes aux très minijupes sous le manteau de fourrure. Etre désirée à n'importe quel prix ? Présence de ces corps offerts qui marchent sur le trottoir...

Valérie, qui a cru que son absence allait créer le désir, allait provoquer un choc tel qu'elle serait enfin aimée, a échoué. Elle voulait disparaître, s'effacer, devenir si mince et si transparente qu'elle fusionnerait même avec la vibration de l'air. On l'en a empêchée. On a fabriqué une autre

Valérie, « inoffensive » celle-là. Elle sent qu'elle n'est rien, moins que rien, plus que jamais perdue, plus que jamais « chose » dans une ville hostile, bientôt dans une chambre vide, sa chambre.

Tout m'agresse par son indifférence, je ne trouve pas la vraie raison des choses... Je suis comme eux. Je me trouve laide lorsque je me regarde dans leur miroir... Je n'arriverai jamais à me battre pour cette prostituée.

Elle veut dire : pour la vie.

Et pourtant... Valérie n'est pas si perdue. Sa clé ouvre la porte qui la mène sur une sente solitaire, piste glacée et dangereuse de haute montagne, lieu évidemment peu fréquenté des foules où l'air, la nourriture se font plus rares. Mais Valérie est bien sur un chemin, le sien. Et pour avancer, elle se bat avec gravité, courage, taillant à grands coups de machette dans la broussaille, la ronce, le parasite. Dans l'inutile qui fait de l'ombre, seulement de l'ombre. Elle va briser le miroir qui reflète la piteuse Valérie, celle dont elle ne veut pas. Et la vie d'ailleurs est avec elle qui lui envoie des signes.

Il s'est passé quelque chose. Hier, avant-hier ou encore le jour d'avant... Mais quand était-ce ?... Tant de couloirs à traverser dans l'autre sens et les bureaux des douaniers avec leurs sempiternels papiers à parapher et puis, les marronniers de la cour, plus tristes, plus décharnés que lorsqu'ils la faisaient rêver de l'autre côté de la vitre, et puis cette mère au volant, et puis ces rues...

C'était hier, oui, hier soir, la veille de son départ de l'hôpital, que le Grand Magic Circus est venu ajouter ses paillettes à celles de Noël, jouer la gaieté pour les enfants fous.

Paradoxalement, le comédien, qui se donne à voir, se cache derrière son jeu, dissimule son vrai visage par un savant maquillage et les projecteurs, braqués tour à tour sur un geste, une expression, laissent dans l'ombre, dans une zone anonyme et lointaine, le reste du corps. Tout a été réécrit, sa véritable personnalité demeure à l'abri du regard des autres.

Dans le noir de la salle, Valérie se projette vers la lumière de la scène. C'est exactement là qu'elle veut être, jouer tous les rôles pour n'avoir plus besoin d'en afficher un seul dans la vie, devenir vraiment la danseuse dont les figures allumaient naguère les étoiles et, plutôt que de se maquiller de cernes et de pâleur, ou de peinture à l'huile pour séduire maman, se grimer de poudres blanches et de paillettes pour d'anonymes spectateurs.

Le maquillage, autre façon de prendre le maquis, nouvel art de l'esquive. Métamorphose.

Hier soir, sur la scène, Valérie a reconnu son rêve. Elle ne va plus le lâcher. A quelques mètres au-dessus du sol, le monde lui convient mieux. Il y a cette lumière. Il y a de la vie et des sentiments. Il y a du songe. Pas l'indifférence.

Ce soir même, elle va sortir, rejoindre le comédien au regard vert qui, après le spectacle, lui a souri à elle, Valérie, l'anorexique. Ce sourire a effacé l'empreinte de la maladie, sa nécessité. Enfin quelqu'un, l'incarnation même du spectateur imaginaire de ses premiers « pliés » et « dégagés » devant le miroir, le Prince charmant en habit de lumière, immense au centre de l'arène, immense dans ce sourire donné, cette main tendue vers elle. Tout l'éclat de l'univers s'est concentré en sa personne. Il est le passeur, celui qui l'aidera à franchir le gué.

Le maquillage chasse le sexe des visages. Le violet des poudres, le rouge des lèvres, le doré des paupières, en masquant la nature, font le vide. Ce sourire-là n'est pas dangereux, Valérie peut lui répondre.

Aujourd'hui, le comédien au regard vert est bien le seul qui lui dise quelque chose...

Le téléphone résonne dans le petit appartement du XVe arrondissement :

— Tu viens, ce soir, on joue à la porte Saint-Martin. Après, on fait la fête chez moi...

Ce soir, Valérie, qui fut si longtemps *non,* n'est plus que *oui.* A tel point que la foule du métro ne la dérange pas. Ce soir, elle n'entend pas ce qu'ils disent, tout absorbée par le regard et le sourire et les mots du comédien qu'elle va retrouver.

Elle s'est habillée comme d'habitude, jean noir, gros chandail, boots. Elle ne s'est pas maquillée, elle n'y a pas pensé et puis, elle ne sait pas faire. Elle a l'air d'une petite fille. C'est vrai, elle n'a que treize ans.

Elle n'a pas dit à sa mère — qui ne lui a rien demandé — où elle allait. La nuit lui appartient. Ce soir, elle n'a pas peur, ni des autres ni d'elle-même. D'ailleurs, elle a oublié de se regarder, elle s'est oubliée, la prison mentale s'est évanouie. Tout va de soi. Boucicaut, Félix-Faure, Commerce, La Motte-Picquet-Grenelle... Les arrêts du métro, le mouvement des voyageurs, les attentes, les bousculades ne sont plus des obstacles. Les wagons filent à quelques centimètres au-dessus des rails étincelants. Valérie s'est rassemblée dans l'élan qui la porte et la dépasse vers le comédien, vers ce monde de couleurs, cet univers chatoyant qui se déploie un peu au-dessus du sol, à quelque distance de la lourde terre, sur ces plateaux où le rêve a le droit et même le devoir de prendre forme.

Son rêve, qu'elle croyait intouchable, est descendu sur scène.

Le comédien habite un de ces vastes *lofts,* peuplés de mezzanines, au sol jonché de coussins et recouvert de tapis marocains. Presque pas de meubles. Juste un grand matelas posé sur une plate-forme de bois blanc comme au Japon et une table très basse, ronde, en marbre rose avec, au centre, une étoile à six branches, plus grise. Il lui explique que c'est un ami qui a fabriqué cette table pour lui avec un marbre particulier qui ne se trouve qu'à Grenade. Un jour, il la lui a rapportée de là-bas.

Elle aime cet endroit, la musique très douce, la demi-obscurité, la voix de l'acteur, ce qu'il dit, et même ses mains qui la caressent comme on caresse un enfant. Elle a l'impression d'exister pour quelqu'un d'autre, d'être la seule pour lui.

Il y a bien des gens qui traversent et, parfois, s'attardent dans ce *loft*. Ils sont vêtus, comme le sont les acteurs, de tissus soyeux. Une fille danse seule au centre de la pièce, des couples s'enlacent, s'embrassent. Mais ce n'est pas comme dans la rue. Un air vrai de liberté.

Ici, elle reviendra encore une ou deux fois. Et puis ne viendra plus. Elle voulait le tout à la vie à la mort, elle n'a eu que la partie. Là-haut, dans une mezzanine, un éclat de rire a brisé l'envoûtement. Tandis que Valérie se laissait, pour une fois, aller à la douceur des choses, une femme, la femme du comédien qu'il n'avait pas mentionnée, était là-haut avec un autre. Le comédien est marié ; Valérie n'est pour lui qu'une petite fille dont il ne partage pas la soif d'absolu. Bien des femmes l'entourent, prêtes à le distraire d'un périple trop sérieux.

« Tissus soyeux et amours conditionnés », dira-t-elle. Du moins l'acteur aura-t-il été pour Valérie le passeur : début janvier 77, elle s'inscrit à l'Ecole du cirque.

Cirque et lycée, dans une classe spéciale pour enfants artistes. Valérie se partage équitablement entre les deux écoles ; elle manifeste la même assiduité, le même sérieux, le même talent. Elle réussit tout ce à quoi elle touche. A sa façon. Poétique. Mais la poésie passe difficilement — à certaines heures et pas à d'autres, dans certains lieux privilégiés, où on l'attend et pas dans d'autres.

Un jour, le professeur de français aveugle met sur la platine le *Concerto en ré pour violon* de Beethoven et incite ses élèves, pendant la récréation, à réagir comme ils l'entendent, par un dessin, un texte, un gribouillage même.

— J'ai eu deux textes extraordinaires, se souvient Farhabas. Celui de Valérie m'a bouleversé. En dix minutes, elle m'a pondu des feuilles et des feuilles, révélatrices d'une sensibilité à vif, très riche. Un jaillissement interrompu à plusieurs reprises par une boule dans la gorge qu'elle évoquait. J'ai éprouvé une joie à la lecture de son texte dont je lui suis encore reconnaissant.

Moment exceptionnel. Car lorsque le professeur rend à Valérie sa première dissertation, une phrase de Duhamel à commenter — « Le sport plus grande école de vanité » —, elle peut lire dans la marge que « le style poétique ne convient pas à ce genre d'exercices ».

Elle va le voir pour savoir :

— Qu'entendez-vous par style poétique ?

— Le style recherché.

Bien. Elle enregistre sans marquer la moindre opposition. Elle ne fera plus de poésie au lycée.

Dès le premier conseil de classe, ses professeurs notent son comportement solitaire, isolé, raisonnable (« Trop », dit Farhabas). Aujourd'hui, une élève se souvient d'elle en ces termes :

— Un petit tas noir au fond de la classe.

Pour cacher la force du jaillissement poétique qui l'anime, Valérie revêt un masque de raison, arbore des façons sobres, gentilles, polies. A ceux qui savaient voir, tout son visage et ce corps infiniment souple aux proportions parfaites parlaient poésie :

— Elle avait, dit Annie Fratellini, la grâce d'un tanagra.

— Elle avait un visage poétique, dit Isabelle Kloussovski, qui fut son imprésario.

— Elle avait une aura, dit Nelly Rajchman, son professeur de danse.

Mais l'imparfait n'est pas encore le temps qui convient.

Aujourd'hui, elle a vraiment l'énergie de s'en sortir, de montrer aux autres et de se prouver à elle-même qu'elle est « capable ». L'Ecole du cirque représente le tremplin d'où elle va s'élancer, le pont entre imaginaire et réel. Le clown la fait rêver. On dirait qu'il a de droit divin la permission de brûler — sans se brûler — les étapes obligées de l'âge. Même vieux, il garde une naïveté et une fraîcheur qui le préservent des réalités. Acrobatie, trapèze, fil ou danse ? Valérie choisit la danse et le fil, deux disciplines difficiles qui requièrent chacune des qualités spécifiques. Elle les a.

Evanescente, fragile, aérienne, sur le fil, annonciateur du fil fragile de sa vie sur laquelle elle va écrire, elle trouve enfin le parfait équilibre. La funambule avance seule, un violon entre les bras, un sourire venu d'ailleurs sur les lèvres, « un sourire totalement au-dessus », selon Annie Fratellini, supportée par un simple fil de fer tendu à quelques mètres au-dessus du sol.

Un soir, elle apparaît ainsi à la télévision et c'est peut-être l'image qui lui ressemble le plus, qui la manifeste, l'exprime. L'exploit ne convient pas aux grands nerveux mais tout à fait à des gens comme Valérie, intérieurs, toujours en réflexion sur eux-mêmes.

« Sur le fil, dit Annie Fratellini, vous n'êtes pas appuyé, vous êtes totalement suspendu dans les airs, la notion d'espace doit intervenir à l'intérieur de vous. »

Valérie, que la rigidité de ses contemporains déboussolait, avait en elle tout l'espace du monde, une vision large des choses de l'univers, d'un univers qui ne comprenait pas les cloisonnements, une envergure qu'elle pouvait enfin déployer dans les airs. Et que tous ont remarquée. Les anorexiques sont-ils des funambules de génie ? « Ils sont perpétuellement sur une crête, disent les spécialistes, avec de chaque côté, un précipice : la séparation et l'angoisse de la perte de l'objet qu'ils ne peuvent ainsi que maintenir éloigné pour vérifier leur intégrité en le rejetant, ce qui n'en est pas moins une façon de vérifier son existence. »

De même la danse convenait à la souplesse innée de Valérie, une souplesse de l'être qui est ouvert à la subtilité, aux finesses de l'analyse mais qui rencontre plus de difficultés lorsqu'il s'agit de se mobiliser dans une seule direction. Dans le domaine de la danse, la figure qui correspond à cet état d'esprit s'appelle le saut :

— Elle était excellente, dit Nelly Rajchman son professeur de danse, mais elle manquait de punch. C'était une fille ultra-souple qui avait du mal à s'élever. Elle manquait de brio pour sauter.

Nelly dit avoir connu avec Valérie « quelque chose de très fort » :

— Tout ce qu'elle ne disait pas aux autres me parvenait à travers la danse. Je l'ai remise dans la vie active. Mon caractère simple, peu inquisiteur, lui suffisait.

Pendant quelques mois, Valérie n'est qu'une élève parmi les autres, n'ouvrant la bouche que pour poser des questions techniques (« Pourquoi faut-il mettre le pied à cet endroit ? »). Et puis, Nelly s'attache à elle plus qu'aux autres, la pousse à travailler. Jusqu'au jour où elle la sent prête à danser en solo dans un gala d'enfants. Ironie du sort : le spectacle aura lieu dans un hôpital psychiatrique. A son tour, Valérie dansera pour les enfants fous.

Nelly part quatre jours répéter avec sa troupe à la Verberie, un village du Nord, près de Beauvais. Elle propose à Valérie de venir. Celle-ci veut bien, mais :

— Ma mère n'acceptera jamais, ne voudra jamais que je m'en aille.

Qu'à cela ne tienne : Nelly va lui téléphoner, essayer de voir si, malgré tout, elle ne peut pas fléchir celle que Valérie lui a présentée comme une marâtre.

A son grand étonnement, la mère lui répond d'un ton un peu larmoyant, inquiet presque :

— Oh oui ! Si vous saviez, sortez-la, elle est toujours dans mes jupes.

« C'était au téléphone une femme adorable qui me remerciait. Je n'ai pas pensé un instant qu'elle me mentait... Valérie a gagné, ajoute Nelly, sibylline. Chacun boit ses paroles. Pourquoi ne pas faire la part des choses ? »

Pour une fois, nous entendons la voix de sa mère. Elle semble aussi encombrée de sa fille que la fille l'est de sa mère.

Valérie, sortie de l'hôpital, forme avec sa mère un couple indissoluble, un tandem infernal. Elles vivent ensemble et séparées. Elles partagent le même appartement mais mangent, à des heures différentes, une nourriture différente.

La fille se prépare des repas d'anorexique : concombres au yaourt une semaine, poisson la suivante... Elle dîne seule, au bout de la grande table ou alors carrément debout dans la cuisine. Et, quand sa mère rentre, elle s'enferme dans sa chambre, claquant la porte au nez de celle qui ne peut l'entendre : *Ces phrases* [1] *qui m'ont si longtemps torturée et qui ne cesseront jamais de le faire tant qu'elle ne les aura pas entendues.*

Quand Eric est là, les choses changent un peu. Eric, son frère, de trois ans plus âgé, petit de taille comme elle (il grandira plus tard), le cheveu frisé un peu long, le vêtement cool. Un garçon plutôt décontracté.

Il est en terminale C à Buffon et veut faire sa médecine : il rêve de devenir psychanalyste. Ces temps-ci, il est

1. Celles qu'elle lui adresse à travers *le Pavillon des enfants fous.*

au moins aussi occupé que Valérie : le bac, les copains, les copines comme tous les garçons de son âge.

Quand il mange à la maison, sa présence réunit autour de la table la mère et la fille dans une pseudo-vie de famille.

Mais il n'est pas là tous les soirs. Et puis, avec Eric, ce n'est plus pareil depuis qu'elle est rentrée de l'hôpital. Comme si le dialogue ne s'était pas rétabli. Valérie est jalouse de ses amies, ces filles qu'elle ne connaît pas mais qui téléphonent et le font disparaître, parfois des nuits entières.

Il est un grand, elle est encore une petite. Le fossé de l'âge les sépare comme s'ils n'appartenaient pas à la même génération. Quelque chose est cassé entre eux qui les empêche de se retrouver.

Le soir, après le repas, chacun, enfermé dans sa chambre, écoute sa propre musique.

Valérie, sortie de l'hôpital, danse, marche sur un fil mais vit toujours le même drame intérieur.

Faire la part des choses voudrait peut-être dire les séparer, rendre à chacune ce qui lui appartient. Mais Valérie, assoiffée, tourbillonne encore comme le phalène autour de la lampe qui lui brûlera les ailes. Demeure désespérément reliée à sa mère. S'épuise à demander l'impossible.

Et sa mère demande que oui, oui, oui, qu'on la débarrasse, ne serait-ce qu'un instant, de cette question toujours posée à laquelle elle ne sait répondre.

Nelly se souvient que Valérie n'a rien mangé à la Verberie pendant les quatre jours.

— Mais elle avait l'air de se sentir bien, dit-elle, puisqu'elle n'était pas impliquée, qu'elle n'était rien parmi une troupe qui répétait un spectacle auquel elle ne participait pas. Et qui ne lui posait pas de questions, sachant que ce sport ne lui convenait pas.

Mais ce soir, à l'hôpital psychiatrique Marcel-Rivière,

Valérie est tout. Seule en scène, elle va danser sur une musique de Varèse, *Hyperprism*...

Dans quelques minutes, c'est à elle. Nelly, qui sort de scène, surgit comme une bombe dans les coulisses :

— Mais comment, c'est à toi et tu ne t'es pas maquillée ?

— Je ne sais pas me maquiller, je ne l'ai jamais fait, répond l'enfant.

— Et c'est maintenant que tu me le dis !

Valérie est interloquée :

— Elle n'a pas l'habitude de se faire houspiller, remarque Nelly. A mon avis, toute sa vie aurait pu se passer simplement si on avait osé lui dire dans sa famille : « Tu me casses les pieds. » Elle était douée d'une intelligence au-dessus de la moyenne, mais ce n'était pas une rapide. Cette fois-ci, elle a pigé que son maquillage était question de vie ou de mort.

Sur fond noir, deux tréteaux, l'espace et le corps de Valérie habillent la scène. Une structure extrêmement simple qu'elle parcourt, aérienne, légère. Elle entre, elle sort, elle se met en boule. Fille de scorpion, elle construit et elle détruit, elle naît et meurt dans cet espace, aux sons de Varèse, spacieux, spatial, sûrement spécieux comme tout art.

La salle n'est pas vide, comme elle l'aurait souhaité il y a quelques années. De vraies mains applaudissent longuement ce passage éphémère qui laisse une vibration particulière dans l'atmosphère. Elle ne revient pas, elle ne salue pas. Déjà, elle se démaquille... Sa mère n'est pas dans la salle : elle ne l'avait pas invitée.

Il y a maintenant des mois qu'il cherche une petite fille. Des mois qu'il les essaie et ne les retient pas. Guy Joré, metteur en scène, monte *Pierrette* de Balzac pour la télévision. Ne lui manque précisément que Pierrette. Il lui faudrait une petite victime, diaphane et douce :

— Je cherchais une gosse qui soit autre chose qu'une pâte molle.

La Pierrette de Balzac est une petite orpheline bretonne, tirée de sa province par un frère et une sœur en mal de distractions. Très jeunes, ils avaient quitté leur sous-préfecture pour faire fortune à Paris dans la mercerie. Leur seule ambition : revenir chez eux et épater. Mais les fautes de goût qu'ils commettent au retour attirent la moquerie. Nul ne les reçoit. En revanche, toute la ville invite Pierrette. Le frère et la sœur conçoivent à son égard une haine et une jalousie totales. Elle devient leur souffre-douleur, leur souillon et elle en meurt. Avant — bref rayon de soleil — elle aura vécu une amourette avec un petit ouvrier.

Un mardi après-midi, à l'Ecole du cirque, Joré remarque Valérie :

— Elle avait quelque chose de tragique dans le regard, sans être fade. Elle était jolie, sans être apprêtée. Ce n'était pas la petite fille aux boucles faites par maman. Elle avait une incisive cassée et ce n'était pas laid. Ça sonnait juste. Elle devait avoir quatorze ou quinze ans mais ne les paraissait pas. Derrière son côté timide, rentré, on sentait une personnalité. Je l'ai vue sur le fil de fer marcher avec une grâce et un équilibre parfaits. J'ai parlé avec elle, elle savait écouter. C'était surtout moi qui parlais. Je lui ai raconté l'histoire de Pierrette. Mais il était difficile de savoir ce qu'elle pensait. J'ai mis ça sur le compte de la timidité et lui ai demandé de passer une audition.

Après quoi, il engage Valérie pour le rôle. La promotion va-t-elle transformer sa vie ? Apparemment, non.

Dans deux jours, elle part tourner avec toute l'équipe dans le Massif central. Il fait froid, c'est l'hiver. Il faudrait sans doute se préparer, se mettre dans la peau de la petite fille en question, emporter avec soi quelque vêtement chaud contre les rigueurs de l'altitude en décembre. Elle n'y songe pas. Elle n'a pas de manteau, et un énorme furoncle vient de lui pousser sur le visage.

Le metteur en scène s'inquiète. Pierrette vient d'une région reculée de la France mais elle est jolie, aucun bouton purulent ne la défigure :

— Il faut absolument que tu ailles voir un toubib, dit-il à Valérie.

Elle répond du tac au tac, avec une sûreté de soi que même une vedette confirmée n'aurait pas eue :

— On me prend comme je suis.

Heureusement, le hasard est avec elle. Elle rencontre l'imprésario Isabelle Kloussovski qui s'attendrit devant cette jeune fille en chemisette, alors qu'il neige :

— Je ne sais plus comment c'est venu. Elle m'a dit qu'elle allait tourner dans un pays froid. Je lui ai donné quelque chose de chaud, un manteau. Elle m'a remerciée. Elle portait des couleurs ternes, sombres, n'affichait aucune coquetterie. Elle n'était ni maquillée ni coiffée. Si on lui posait une question qui lui déplaisait, elle ne répondait pas. J'ai senti qu'il était impossible de lui parler de ses parents. Un drame ambulant. J'étais attendrie mais je me sentais impuissante. Elle était murée dans l'orgueil. Elle ne voulait pas qu'on lui donne des choses. Quand même, elle a accepté mon manteau.

Pour tout bagage, comme à chacun de ses rares voyages (le précédent étant l'hôpital de S...), Valérie a choisi quelques livres. Notamment *la Montagne magique* de Thomas Mann. Ce qui étonne. Une enfant, et déjà Thomas Mann !

On la sent autre et l'on n'aime pas beaucoup ça. Surtout lorsqu'il s'agit de faire équipe. On se méfie un peu. Elle joue bien. La nouvelle va-t-elle tirer la couverture à elle, crever l'écran ? On lui pose des questions, elle ne répond pas. On essaie bien de se faire valoir par diverses anecdotes tirées de sa vie de comédien, mais, l'œil rivé à son livre, la nouvelle n'a même pas l'air d'entendre. Si on la drague, chose normale, courante, politesse élémentaire, elle vous rembarre.

Elle se tait surtout et qui se tait a l'air toujours de vous juger. Désagréable.

Elle est là, mais complètement en dehors. Agaçant.

Le tournage se déroule dans le froid d'une grande maison peuplée de fantômes. Entre les scènes, il y a ces temps morts pendant lesquels l'équipe se retrouve autour de la cheminée. Temps bien morts pour Valérie qui ne sait jouer qu'au cinéma. Pas dans la vie. Elle dit oui aux personnages inventés par l'art, figures qui rejoignent son imaginaire, et non aux autres, les êtres de chair et d'os qui le brisent. Pour vivre, il lui eût fallu danser sans interruption, avancer sur un fil sans fin, écrire sans connaître le tarissement des mots, être toujours dans le film, ne jamais tomber hors du rêve dans lequel elle était plongée.

Pendant les temps morts, elle se retire au plus profond d'elle-même, ne laissant aux autres qu'une carapace vide de substance. Anémone de mer, ventouse molle et orangée qui fleurit sur les rochers. Quand nul ne la frôle, l'anémone s'ouvre en mille pétales. Mais qu'un doigt humain s'aventure vers elle, elle se ferme en quelques secondes, n'offrant plus, au regard déçu, qu'une boule de gélatine.

— Je la revois, dit le metteur en scène, elle faisait obstinément, irrémédiablement petite fille. Il y avait chez elle quelque chose de très tendu. Pendant tout le tournage, elle est restée secrète, dans son coin. Elle détestait les acteurs, l'ambiance, mais elle jouait bien.

Pourtant, le personnage Pierrette n'est pas exactement la petite fille de ses rêves. Valérie en déteste le côté soumis qui la force à fouiller dans son propre passé d'enfant trop sage :

— Trouve en toi quelque chose qui lui corresponde, insiste Guy Joré.

Elle éprouve aussi des difficultés à traduire le côté

enfantin de Pierrette, à pleurer de vraies larmes lorsqu'on lui annonce que son grand-père, le seul qui ait manifesté à la petite Bretonne de l'affection, est mort.

Pleurer la mort d'un grand-père alors que, justement, un grand-père, ça ne devrait pas exister ! Non, vraiment, ça ne lui fait rien, elle n'arrive pas à pleurer :

— Je ne peux pas.

— Si, tu peux. Trouve en toi une raison de pleurer.

Elle oubliera le grand-père, elle oubliera Pierrette — et les larmes jailliront. Ce n'est quand même pas à elle que l'on apprendra à pleurer.

L'atmosphère du tournage lui devient chaque jour plus pesante. Les plaisanteries plus ou moins fines des techniciens et des comédiens, qui, après une journée de tournage, éprouvent le besoin de se détendre, la blessent. La détente, Valérie ne connaît pas. Ses effets lui semblent dangereux. Elle a l'impression que, détendue, elle serait livrée sans défense au monde qui l'agresse, qu'elle en absorberait, par tous les pores de sa peau, la pollution et la médiocrité. Elle ne peut se donner que murée, et l'énergie dépensée à se barricader l'épuise.

Le metteur en scène finit par se rendre compte que le silence de Valérie n'est pas simplement dû à de la timidité :

— Elle était repliée sur elle-même. Mais on sentait, derrière son refus, une grande détresse, un appel au secours.

Un matin, Valérie part pour Paris puis revient, toujours seule, avec un violon.

Quelqu'un de peu communicatif vous laisse sur votre faim et, par là même, attise votre curiosité. Ainsi de Valérie. Par sa volonté de passer inaperçue, tout en noir et toute silencieuse, elle se fait remarquer. A défaut de paroles, les objets prennent valeur d'indication.

Enjoué, Guy Joré lui demande :

— Tu joues du violon ? Tu m'avais caché ça !

— Oui, répond Valérie, j'essaie d'apprendre le violon toute seule. Mais je me cache parce que, chez moi, on ne supporte pas que je joue du violon.

Deux tons différents, deux longueurs d'ondes, dirait-on. A question anodine, réponse grave, chargée de sens. Tout se rapporte à cette famille dont elle est née sans pouvoir naître, dont elle a fait son interdit, la raison même qui l'empêche d'aller à l'autre. Guy Joré sent qu'elle est à vif. Il ne relève pas la réponse, craignant de la hérisser.

Un soir, ils se retrouvent tous deux dans la vieille cuisine. Ce lieu, qui n'est pas « fait » pour parler, se prête plus que les salons, où la conversation est obligée, à la confidence. Tout le monde est parti, les projecteurs sont éteints, Guy et Valérie parlent. Il lui dit qu'il est content d'elle, content de son travail :

— Mais tu sais, c'est un milieu difficile. Dans ce métier, la règle veut que les gens se jalousent. Il ne faut pas que tu te laisses atteindre par les vacheries.

Quelque chose vient de se détendre à l'intérieur d'elle-même. Elle se lève, l'embrasse sur la joue.

Dix ans plus tard, le metteur en scène s'interroge encore sur le sens de ce baiser :

— Sur le moment, je l'ai ressenti comme un élan. Mais il est bien possible qu'elle ait réagi de cette façon parce qu'elle ne voulait pas se laisser aller à un élan sentimental. A moins qu'elle ne se soit dit : « Mon pauvre vieux, tu n'es qu'un naïf ! »

Pour lui aussi, Valérie demeure l'énigme. Elle était sans doute trop simple et trop honnête pour être comprise de ceux qui ont dû payer l'adaptation au prix de ces mille tours et détours qui finissent par estomper, effacer même le naturel de l'enfance.

Après tout, Valérie est reconnue dans son travail et quelqu'un du milieu dit tout haut ce qu'elle pense tout bas. Soudain, elle est soulagée et fond de tendresse, de gratitude. L'espace d'un instant, elle ne se sent plus seule. Un instant qui vaut bien tous les livres de la terre.

— Elle avait quelque chose d'éternellement enfantin : un regard neuf, scrutateur, exigeant, se souvient son professeur de français. Elle fouillait, elle cherchait chez les autres des choses semblables.

Son désespoir était de ne pas les trouver. A la fin de sa vie, elle disait encore que « le plus important était d'avoir un ou une amie ».

Elle va tourner encore d'autres films, notamment avec Jeanne Moreau dans *Lulu* de Maeterlinck. Elle aurait pu devenir une grande comédienne. Mais elle va arrêter, arrêter tout : le fil, la danse, la comédie. Elle va disparaître quand il s'agira de « devenir ».

Depuis quelque temps, Annie Fratellini sentait que Valérie ne resterait pas avec eux :

— Je l'emmènerais bien en tournée mais je ne la sens pas, elle ne restera pas avec nous, avait-elle dit à Nelly Rajchman, le professeur de danse.

« J'ai pensé un moment, dit-elle aujourd'hui, que nous pourrions la prendre en charge, pieds soudés à la piste. Elle avait tout ce qu'il fallait pour faire quelque chose d'exceptionnel... Un charme... Mais on avait l'impression qu'elle n'avait pas envie de vivre. Elle était très solitaire. Quand je lui ai proposé de s'intégrer à notre vie communautaire, elle n'est pas revenue. »

Définitivement marquée par sa famille d'origine, elle n'est pas prête à en adopter une autre, aussi ouverte et chaleureuse soit-elle. Réel ou non, elle revit toujours le même tourment. Dès qu'il y a groupe, elle occupe sa place de petite fille rejetée, mal aimée, qui ne sait se défendre que par le silence et l'absence. Entend-elle les compliments ? Pas sûr. Elle n'y croit pas. Personne ne peut la rassurer. Tout se passe dans sa tête où le noir est tel que même les lumières de la scène n'arrivent pas à le dissiper. Elle est trop seule avec sa souffrance mais, à aucun prix, ne veut entendre parler psy. Bien que sa mère tente, une fois de plus, de l'y entraîner. Elle n'a besoin de personne, elle ne veut personne. Elle cherche.

Elle cherche comme elle marche, sans fin, dans les rues de Paris. Elle a retrouvé du temps maintenant qu'elle a rendu ses chaussons de danse, abandonné à d'autres le fil de fer. Petite silhouette noire et maigre, cheveux aux épaules, elle voyage dans la ville, ne s'arrêtant qu'au café, ou encore, se lovant dans les salles obscures, l'œil fixé à l'écran, scrutant le visage de ces actrices qu'elle aurait pu égaler, surpasser peut-être si... Et elle compare leurs mérites aux siens. Je suis beaucoup plus belle que Sylvia Christel ou que Dominique Sanda, se persuade-t-elle, maintenant que tout est fini et que la réalité ne risque plus de la contredire.

Elle a retrouvé son rêve qui ne se déploie que dans la solitude. Personne alors ne vient le contrecarrer, le heurter. Elle est dans sa propre mouvance. Parfois, elle passe des heures et des heures allongée sur le tapis de sa chambre :

Je dessinais de grandes formes abstraites sur des feuilles de papier Canson. Je les peignais de couleurs criardes pour défouler ma secrète violence. Je restais des après-midi entières allongée sur le tapis, devant mes feuilles et mes tubes de couleur à réinventer le monde, à reconstruire la terre. Mais dès que je retrouvais les rues, les gens, je m'apercevais de mes défaites, mon impuissance.

Impuissance à exister dans ce monde, impuissance à le marquer, à se faire reconnaître pour ce que l'on est, parce qu'une force intérieure vous contraint justement à « devenir ce que l'on est ». Et cette force est telle qu'elle vous interdit la moindre concession, la moindre compromission.

Elle sait, elle peut, elle est « capable ». Mais anorexie ou comédie, chaque fois l'intervention brutale de la réalité, de la communauté humaine, est venue la paralyser. Elle est ainsi faite que, si elle avait dû s'intégrer dans ce milieu du cirque, qui était prêt à l'accueillir, elle n'aurait plus su danser ni jouer la comédie. Elle est trop à vif pour participer au quotidien de la vie communautaire qui, forcément, comporte ses mesquineries et qui, comme sa famille, l'asphyxie. En dépit de ses mœurs libres, de ses idées larges et de ses tissus soyeux. Ancienne, la sensation d'emprisonnement, cet étau mental, est toujours vivace. Quelles que soient les circonstances. Et elle prolifère, envahit tout votre corps, tous vos instants. Arrive un moment où il n'est plus possible de s'en abstraire, même le temps d'une danse ou celui d'un tournage. Elle le savait. L'honnêteté qui la caractérise lui imposait de partir puisqu'elle ne resterait pas.

« Solitaires et puissants seulement en leur solitude, ils se prêtent de mauvaise grâce et fugitivement à tout échange [1] » (à propos des anorexiques).

Annie Fratellini a compris son élève. Parlant de son départ, elle évoque « une fuite de la réalité. Des êtres comme ça, ajoute-t-elle, ça ne vous étonne pas qu'ils meurent jeunes. Ils ne sont pas appelés à vivre ».

L'exigence de Valérie répond à un autre appel. Plus loin, elle ira toujours plus loin, comme ces voyageurs du désert qui ne peuvent s'arrêter d'avancer, saisis par ce que l'on nomme l'Appel du sud. A force de gravir les dunes, toujours en quête de la suivante, ils finissent par mourir de soif, de faim, d'épuisement. Ou comme ces plongeurs qui descendent à trente mètres sous les mers et ne peuvent ou ne veulent plus refaire surface : pris par l'Ivresse de la mer, eux aussi meurent.

1. Kestemberg, *op. cit.*

Livrée à elle-même, Valérie navigue dans un univers de bitume et de béton. Elle enfile les rues comme d'autres les dunes. « Les anorexiques ont des activités auto-érotiques du type marche-érection-corps érigé », notent les spécialistes.

Ce qu'elle voit lui fait mal. C'est vrai que la rue ne sourit pas. Pour preuve, Henri Cartier-Bresson s'était un matin amusé à compter les sourires. Il n'en avait ramassé que deux en l'espace de quatre heures dans un quartier pourtant très fréquenté. Dans l'ensemble, chacun peut noter que Paris, c'est plutôt le règne du rictus, du pas automatique, du pigeon crevé, du vieillard et de la crotte de chien. Paris n'est « ville propre » que sur les panneaux publicitaires. Les petites voitures vertes ont beau faire tourner leurs balais ronds sur les trottoirs et dans les rues, l'opération est toujours à recommencer. La ville se salit plus vite qu'elle ne se nettoie.

A Valérie, le cycle répétitif et journalier de l'ordure enlevée semble dérisoire. Comme celui de la nourriture. C'est à la racine qu'il faudrait prendre les choses, éviter ces lancinantes répétitions — et qu'un « saut qualitatif » vous mène dans l'autre sphère, celle où nul souci terre à terre ne vous trouble. Dans cet ailleurs, un clin d'œil et un sourire satisfont ceux qui veulent faire l'amour. Ceux qui ont faim se contentent de diriger leurs esprits vers des plats délicieux qui les nourrissent. Au royaume d'utopie, ou royaume des Deva Loka, tout vient facilement, naturellement, automatiquement. C'est ainsi que Chögyam Trungpa décrit, dans *Pratique de la voie tibétaine*, le monde des dieux...

Le mouvement des gens en chacun desquels elle perçoit l'acteur qui joue une pièce à laquelle elle ne participe pas, le vrombissement des voitures qui, inexorablement, démarrent au vert et s'arrêtent au rouge lui donnent le vertige. A nouveau, elle est seule, égarée, et pourtant :

J'étais quelquefois triste et maussade. Les jours gris, jours de pluie, je m'enveloppais dans un grand imperméa-

ble et sortais me promener. J'aimais sentir les larmes de la pluie pleurer sur mon visage et le vent me pousser en avant puis me repousser en arrière. Comme une grande main qui m'aurait guidée. Je suivais toujours le même trajet. Le boulevard de Grenelle, la rue du Commerce. A chaque fois, je découvrais quelque chose de différent. Une publicité, une affiche de spectacle, une vitrine de magasin. Les rues changeaient lorsque je n'étais pas là. Ça m'ennuyait. Je ne voulais pas que le monde vive sans moi. Non, je ne le voulais pas.

Mais tout est là pour lui confirmer que le monde vit sans elle. Carnet de notes en poche, car il lui arrive d'aimer parler au papier blanc qui, lui, a l'avantage de ne pas poser de questions, elle se donne rendez-vous place d'Alleray, à quelque distance de l'antre maternel, où il ne lui est pas plus possible d'écrire que de jouer du violon. Peindre, peut-être parce que son père peignait lui aussi, est la seule liberté qu'elle s'accorde dans cet appartement.

Ses doigts ne suffisent pas à dénombrer les inconvénients du café où elle s'est posée. Elle sait bien qu'elle a le chic de se diriger, comme si elle était mue par un aimant, vers les endroits qui lui déplairont. Un comportement qui autorise le rêve toujours possible d'un ailleurs merveilleux.

Elle commande des saucisses de Francfort, un café noir. Elle note dans son carnet, comme si elle envoyait des télégrammes à un ami imaginaire, les points forts du climat.

A déconseiller : le relais de Pforzheim, dit aussi relais d'Allemagne, place d'Alleray.

Musique : sirupeuse, cheap, monoprix.

Climat : courants d'air, perturbations, turbulences.

(Elle s'est assise à côté de la porte qui s'ouvre, se ferme et s'ouvre à l'infini.)

Francfort : brûlées, entaillées, balafrées de chair rose.

Encombrement et pollution : maximum au-delà de la

vitre. Les femmes marchent sur-élevées. Les hommes, fragiles dit-on depuis la vague féministe, ont le front plissé des inquiets. Derrière la vitre passent mes contemporains, lents, pressés, jeunes, vieux, paumés, résolus.

Drague : — Vous êtes tunisienne ? / — Non... / — Vous avez un petit accent ! / — Ah ! / — Vous êtes de Marseille ? / — ... / — Vous écrivez un livre ? / — ...

Elle a rangé son carnet, elle change de table, s'assied à la terrasse, à côté d'une jeune fille qui lit un roman. La jeune fille a le cheveu long tiré par des barrettes, la tête penchée soutenue par sa main et l'air absorbé. Parfois elle tourne une page, parfois elle oublie. Elle porte un jean et un long gilet sans manches de laine noire. Personne ne la regarde, elle ne regarde personne. Et puis, elle s'en va, laissant sur la table de formica son café intact.

Dans la vitre de la terrasse passent des reflets. Des gens marchent, se dirigent quelque part, vont de là à là, d'ici à ailleurs. Accoudés au zinc, des hommes boivent et parlent du prix du beurre, de la supériorité de la jupe droite sur le pantalon, de l'échec certain de la gauche, de celui de la droite... Et Valérie songe que, si toutes les conversations se transformaient brutalement en statues de pierre, on pourrait les mettre au Musée de l'homme. Conversations pétrifiées des vernissages. Bien sûr, on en parlerait un temps, le temps d'une exposition.

Elle frissonne en plein soleil à la terrasse du café où elle s'est donné rendez-vous. Elle a toujours froid, Valérie, un froid ancien, un froid intérieur.

Elle s'en va, retourne vers l'appartement vide, se fait une salade de concombres au yaourt, se met au lit. Elle entend le bruit de la porte d'entrée. Sa mère. Rien, le silence. Elle ouvre la radio : « Ce soir, le thème de “ Nuits magnétiques ” : Désespoirs... » Elle écoute :

« Pour vivre, il faut faire un certain nombre d'investissements, dit la voix interviewée. Se suicider, c'est une autre manière de vivre. Je suis toujours suicidaire. Un choix que j'ai (j'avais fait), que je suis censé peut-être faire un jour... Mais je veux vivre, j'ai la vitalité pour vivre. Mais peut-être que le suicide arrivera. La vie est prometteuse. Il s'agit d'arriver à réaliser cette promesse. Il faut partir du bas des marches et ce n'est pas facile. L'ensemble de la société n'est pas prêt à entendre cette parole... » « Avec la participation des suicidaires anonymes, c'était Désespoirs... » Valérie coupe le son.

Et le lendemain, en sortant du lycée, elle erre de nouveau dans les rues. Elle voudrait parler, se décharger, dire ce qu'on lui a fait à l'hôpital. Mais ça tombe à plat ce qu'elle dit, elle s'en rend bien compte. Les filles de sa classe ont d'autres préoccupations. Elles ne jouent plus à la marelle, mais à sortir, à s'échanger des robes, à aimer... Elles se racontent des histoires de garçons, ceux des dernières vacances qu'elles retrouveront peut-être dans quelques jours, eux ou d'autres.

Fin juin, déjà. Tilleuls qui sentent bon. Amoureux dans les jardins, mais leur simple vue donne à Valérie la nausée. Elle presse le pas, détourne le regard, se dit n'importe quoi pour pouvoir continuer son chemin, qu'ils sont bêtes, qu'elle est bien plus belle que cette fille alanguie dans ces bras masculins, que, si elle voulait, elle pourrait prendre sa place mais qu'elle ne le veut pas, parce que ce garçon est certainement stupide. Elle ne se sent pas attirée. Les autres ne devraient pas l'être. Comment peuvent-ils ?

Elle ne se sent ni homme ni femme ou les deux à la fois, androgyne en quelque sorte comme ce David Bowie, dont elle aime tant la musique.

Son corps est à peine féminin. Des seins très plats, pas de hanches et pas de ces flots rouges mensuels qui reviennent inexorablement signer l'état de femme. Les jeunes filles anorexiques ne sont pas soumises à la marée rouge.

Mais elles sont soumises à ce que les spécialistes nomment « un hyperfonctionnement intellectuel et moteur » : « Ils (ou elles) projettent dans l'avenir l'Idéal du Moi, se dévorent eux-mêmes pour atteindre cet idéal. Ils ne renoncent jamais. » A l'horizon du trottoir, à force de marcher à sa rencontre, Valérie va peut-être finir par trouver Valérie.

Cet été, il ne sera pas question de repartir avec maman comme aux dernières vacances. Ce fut atroce pour l'une et pour l'autre. Un périple en Hollande où mère et fille dormaient à l'hôtel et mangeaient ensemble dans les grandes salles des restaurants, peuplées de familles qui faisaient semblant de rire. Alors que le silence installé entre Valérie et sa mère n'était brisé que par de rares et terribles accès de violence, parfaitement stériles. Le malentendu était le même. Immense.

Non, cet été 1977, Valérie laisse partir sa mère sans elle. Elle restera seule dans le petit appartement de la rue S... Grâce à cette absence, elle fera des miracles. Plus besoin de se cacher pour jouer du violon ou encore prendre des notes.

Tout ce que personne ne veut entendre, elle va l'écrire. Elle a quinze ans. Deux ans ont passé depuis son internement.

Ces quatre mois restaient tellement présents en moi, tellement que j'ai compris que si je ne disais pas le temps passé dans le pavillon des enfants fous, il me gênerait, s'interposerait entre moi et la vie. Il fallait que j'en sorte !

Dans le calme de sa chambre, « la pensée claire recherchant le mot juste », elle rédige *le Pavillon des enfants fous.*

Elle ne quitte sa machine à écrire que trois semaines

plus tard. Maman revient, bronzée certainement, mais la dernière ligne du texte est écrite. Valérie est soulagée, un peu comme si elle venait de se rencontrer, ou plutôt comme si elle avait l'espoir de se réfléchir dans un autre miroir. Plus large et qui lui ressemblerait.

5

L'écriture, salut temporaire

J'écris parce que je n'arrive pas à vivre comme les autres. L'écriture est un défoulement et un soulagement. C'est un moyen d'aller plus loin, de vivre un peu comme les autres..., dit-elle à « Apostrophes ».

Le manuscrit est arrivé dans une grande enveloppe jaune. Il s'ajoute à la dizaine de textes que reçoit journellement un éditeur parisien qui, après lecture, n'en publiera en général pas plus de cinq dans l'année. Cinq sur trois mille, un beau déchet.

Tandis que *le Pavillon des enfants fous* circule dans différents comités de lecture, Valérie entre en classe de philosophie au lycée Racine. Elle a tout juste seize ans. Elle se sent soulagée : elle a pris cette revanche dont le désir la soutenait à l'hôpital de S... Pour que la revanche soit complète, il faut que le livre soit lu.

Un matin, elle trouve dans la boîte aux lettres un imprimé de Grasset. Son livre est accepté, avec des modifications. L'histoire finit trop mal, il faudrait conclure autrement, sur une note plus jolie, plus optimiste. Alors là, il n'en est pas question. Ce texte, c'est elle. Elle ne supportera jamais qu'on en bouge une virgule. Ce serait comme lui couper un bras. On me prend comme je suis, même avec mon furoncle lorsqu'il s'agit de tourner, même avec mon dernier chapitre pessimiste lorsqu'il s'agit de publier. Elle veut bien qu'on la refuse. Elle en a l'habitude. Mais alors complètement, pas à moitié.

Trois jours plus tard, elle reçoit une nouvelle lettre. De Stock cette fois-ci, qui accepte le manuscrit et l'invite à venir signer le contrat. Mais elle n'a pas l'âge de traiter de telles affaires : sa signature ne vaut rien.

Alors ? Alors, elle va trouver un joli titre, à la fois passéiste et anodin. Elle va inscrire sur la page de garde : « Du côté des enfants ». Maman ne se méfie pas et signe le contrat que lui tend sa fille. Sans connaître le contenu du texte (comment le pourrait-elle ?) elle vient de donner l'autorisation de publication du *Pavillon des enfants fous*. La sortie est prévue en librairie pour le 9 novembre 1978. Valérie, qui ne reçoit presque jamais de cadeaux d'anniversaire, s'en est offert toute seule pour fêter ses dix-sept ans.

Contente. Elle qui ne dit jamais rien d'elle-même va annoncer, de façon détournée, la nouvelle à son ancien professeur de français aveugle. Lorsqu'elle descend, le 9 octobre à midi, en classe de seconde, M. Farhabas est en train de ranger ses affaires après le cours :

— Savez-vous, lui dit-elle, qu'un non-voyant va faire paraître un livre ? Ça s'appelle *les Couleurs de la nuit*.

— Vous êtes bien au courant..., s'étonne-t-il.

— Moi-même, je vais éditer un livre.

— Publier ! ne peut s'empêcher de corriger le prof, qui se fait alors un point d'honneur de ne pas lui en demander le titre.

Il ne s'enquiert que du nom de l'éditeur. Il espère faire plaisir à Valérie en trouvant lui-même le titre. Le jour même, aidé de sa secrétaire, il déchiffre le catalogue des futures parutions Stock. Mais n'y voit pas le nom de son ex-élève. En effet, Valérie a pris un nom de guerre : Valère.

Quand il lira une première fois *le Pavillon des enfants fous,* il sera choqué « comme adulte, comme prof, comme parent, par une sorte de racisme. J'ai trouvé qu'elle était injuste et je n'ai pas vu alors de qualité d'écriture particulière ».

Il faudra attendre sept ans. C'est en novembre 1985, lors d'une seconde lecture, que « la qualité littéraire de l'œuvre lui saute aux yeux » :

— C'est un chef-d'œuvre, dit-il. Valérie Valère est le Rimbaud-fille du XXe siècle, ajoute-t-il. Je regrette de ne pas l'avoir mieux connue. J'ai une dette envers elle.

Ce sentiment de culpabilité, tous ceux qui ont côtoyé Valérie le connaissent aujourd'hui. Comme un regret de n'avoir su lui répondre. Maintenant, M. Farhabas écrit au ministère : il voudrait que l'on rebaptise son lycée du nom de Valérie Valère : « Ce serait un hommage à la jeunesse. »

Rumeurs de salles de profs, téléphones arabes des cours de récréation, tout le lycée apprend vite que Valérie Valère a publié un livre. Mais elle ne veut pas qu'on en parle. Elle ne le voudra jamais :

Je ne dis pas que je suis écrivain. Je ne dis rien. J'ai pas envie de raconter ma vie. Je voudrais qu'on parle tout simplement. Mais, quand ils savent que j'écris, ça devient faussé.

Même quand on la verra en avril 1979 à « Apostrophes », avec sa photo dans les journaux, on fera comme si de rien n'était. Rien de changé : Valérie reste à l'écart des élèves. Qui le lui rendent bien. Pourtant, son professeur de français dit que le livre a semé la perturbation dans la classe, qu'il y a eu des jalousies, qu'on a voulu la faire passer pour folle...

Qu'importe ! En cette rentrée 1978, Valérie se sent mieux que jamais :

— C'est une élève très concentrée, attentive, participante, se souvient Hélène Marmotin, son professeur de philo. Elle pose des questions sobres et manifeste une sainte horreur à l'égard des élèves qui chahutent.

En effet, Valérie, toujours au premier rang à droite, se retourne pour faire taire les bavards. Les jeux abstraits de la philosophie l'intéressent, les futilités la dérangent. Après un cours difficile, elle regarde Mlle Marmotin et lui dit de sa voix rauque, un peu cassée :

— Eh bien ! C'est pas la joie.

Grâce au métro, entre le prof et l'élève, se nouent des relations privilégiées. Un jour, elles se rencontrent à Porte de Vanves. Désormais, elles se rendent souvent au lycée ensemble. Dans la presse des petits matins, entre Porte de Vanves et Saint-Lazare, Valérie lâche quelques bribes. Elle parle de l'Ecole du cirque, de son manuscrit, de ce qu'elle prépare, de ses hésitations entre licence de philo et licence de lettres :

— Je me souviens qu'elle était menue, plate, très petite fille. Elle donnait l'impression qu'elle ne s'était pas épanouie dans sa féminité, tout en ayant un charme... Plus l'année passait et plus elle revenait sur son désir d'être écrivain. Elle était très centrée sur l'écriture, c'était son but.

Valérie a compris qu'il y a au moins deux écritures. Elle ne met plus ses tripes dans ses devoirs :

— Elle avait pigé les normes, dit son professeur, elle n'en faisait pas un pur développement subjectif et biographique.

Elle se réserve pour sa machine à écrire. Maintenant qu'elle a commencé, elle ne va plus cesser. Une fois ses dissertations expédiées, elle retrouve les mots de sa chair, les mots de son rêve. C'est pendant cette année de philo qu'en deux mois elle inventera *Malika ou un jour comme tous les autres*. *Malika* sortira le 26 avril 1979, la veille de son passage à « Apostrophes ».

Année faste pour Valérie, peut-être la seule qu'elle ait connue dans sa courte vie.

— Alors, dira son professeur de philo, je ne craignais ni pour sa santé ni pour son avenir.

En la vengeant, le succès du *Pavillon* la soulage de l'intolérable poids. Pendant un temps, les pinces de la mémoire peuvent desserrer leur étreinte.

Ces phrases que sa mère ne pouvait pas entendre sont imprimées à des centaines de milliers d'exemplaires. Mais cette mère, qui n'ira pas au bout du livre, « trop dur », ne comprendra pas plus son enfant qu'autrefois. Elle sera à la fois ulcérée et fière. Une fois de plus, elle tombe à côté, en deçà de l'attente de Valérie et le dialogue ne s'établira pas.

Document, cri, réquisitoire (« C'est seulement sincère, peut-être rancunier et horriblement maladroit »), *le Pavillon des enfants fous* explose au ciel des lettres, bouleverse les centaines de milliers de lecteurs qui retrouvent quelque chose d'eux-mêmes dans cette petite fille prisonnière du manque d'amour. Anorexiques, taulards, paumés, marginaux, adolescents en quête d'eux-mêmes lui écrivent qu'ils comptent sur son aide, qu'ils espèrent une réponse de sa part.

Je réponds aux lettres que je reçois mais je les rencontre rarement. Ils ont les mêmes problèmes que moi, je ne peux pas les aider.

Traduit en une dizaine de langues, le livre impose partout le nom de Valérie Valère. Les critiques lui reconnaissent de la sûreté d'écriture. Et Christiane Rochefort se demande dans *le Monde* si « ce ne serait pas la première fois qu'on entend cette voix-là, cette force-là émanant de la toute-faiblesse ».

Bernard Pivot, le démiurge d'« Apostrophes », l'émission thermomètre quant aux chiffres de ventes en librairie, invite le 27 avril 1979 cet enfant qui, à dix-sept ans, a déjà deux livres derrière elle, dont un best-seller.

D'une voix sûre, Valérie évoque le lent suicide de l'anorexie. Elle sourit intérieurement à l'idée que, peut-être, l'infirmière qui lui enfournait cette satanée bouffe la voit à la télévision et l'entend dire que l'on n'a pas le droit de traiter les gens comme ça :

Moi, je voulais mourir, affirme-t-elle aux téléspectateurs, *pourquoi, eux, auraient-ils le droit de me l'interdire ?*

Ceux qui voulaient alors changer de chaîne retombaient sur Valérie dans le rôle de *Pierrette,* diffusée le même soir. Mais Valérie n'était plus Pierrette. Elle l'avait du moins affirmé à son ex-metteur en scène, Guy Joré, en lui dédicaçant *le Pavillon des enfants fous* : « Histoire d'une petite fille qui est le contraire de Pierrette ».

A présent, il arrive à Valérie de sourire, et — qui sait ? — de rire. Elle découvre un nouveau monde, ouvert, chaleureux qui, après « Apostrophes », l'invite à dîner d'un homard dans un grand restaurant parisien, qui est attentif à elle et à son écriture. Les éditions Stock ressemblent alors à leur P.-D.G., enthousiaste, passionné par son métier. Il y a là-bas une frénésie, une effervescence, une ouverture, un fourmillement de vie, une gaieté presque avec toutes ces portes qui claquent, ces rires qui jaillissent. L'alliance du sérieux et de la fantaisie crée une atmosphère particulière dont certains auteurs sont encore, dix ans après, nostalgiques.

— Je me souviens d'un déjeuner, dit Françoise Xénakis. Ou quelque région d'elle était sensible au succès, ou le succès la réchauffait... Sa maison d'édition lui tenait chaud.

Même de leur vivant, les écrivains ont le privilège ou l'inconvénient d'avoir une légende. Valérie a la sienne.

C'est un regard d'écrivain qu'Alain Vircondelet, alors directeur de collection chez Stock, pose sur elle :

— Elle venait souvent, dit-il, emmitouflée dans des écharpes tricotées qui lui cachaient presque entièrement la bouche. Elle portait de grands imperméables sombres. Je me souviens de son teint exsangue, de ses longues mains très fines où se voyait le bleu des veines. Des mains d'écolière ou d'écrivain aux ongles pas soignés, coupés ras. C'était un personnage pointu, aigu, aux yeux très charbonneux, aux cils très longs. Un être qui ne mentait pas. On avait l'impression qu'elle vous jugeait : elle ouvrait de grands yeux qui dénudaient l'autre. Il se sentait trahi. Elle n'a pas été abîmée par les êtres humains. Elle restait naïve comme si elle n'était pas née. Elle avait une retenue permanente comme si elle se mangeait elle-même. Elle cachait sa bouche avec ses mains. Elle commençait un sourire mais revenait à un visage pathétique. Elle semblait très démunie, abandonnée, en proie au désarroi. Elle était impressionnante, créant un malaise ou une fascination. En même temps, c'était une petite bonne femme pleine de ressort et d'énergie vitale.

Profondément, Valérie n'a pas changé, ne peut changer. Il eût fallu que sa mère change. Mais sa mère non plus ne le peut pas. Elles habitent toujours ensemble mais Valérie ne la prévient pas, par exemple, qu'elle est ce soir doublement au programme de la télévision. La mère l'apprendra par les journaux. Le lendemain, elle parlera avec ses amies de bureau de Valérie, sa fille, qu'elle a vue à « Apostrophes ». Sa fierté, seule forme qu'elle a su donner à l'amour maternel, prouve qu'elle n'a rien compris.

Françoise Dolto s'est penchée sur le cas de Valérie Valère. Elle estime dans son livre *Solitude* que l'anorexie de Valérie traduit une « petite enfance œdipienne homosexuelle » dont elle n'aurait pas su se dégager. Selon la psychanalyste, il eût fallu qu'elle se livrât à une analyse serrée des rapports ayant existé au sein de sa famille. Elle aurait sans doute trouvé qu'il y avait eu entre sa mère et sa grand-mère maternelle des relations traumatisantes et que sa mère les avait reportées, « transférées » sur son mari, le père de Valérie. « Pourquoi, se demande Françoise Dolto, s'est-elle complu dans sa relation infantile, en y prenant son pied trop longtemps ? Elle s'était piégée dans l'amour de sa mère, petite, une mère restée enfant... »

Non, malgré les pressions maternelles, elle n'ira pas chez le psychanalyste démêler les imbroglios familiaux. Ce jargon « psy », cette voie ne sont pas les siens. Elle est en train, dans sa chambre du XVe arrondissement, de naître écrivain.

Maintenant, elle peut écrire chez elle, malgré la proximité de sa mère, signe qu'elle a pris un certain recul. Mais il ne faudrait pas croire qu'il lui a suffi de décréter, dans *le Pavillon,* que son père était « traître, menteur, schizophrène, obsédé sexuel, frustré » et que sa mère était « hypocrite, aveugle, névrosée, et sans énergie », pour les effacer de sa mémoire.

Pas plus que d'autres, elle n'en finit avec son enfance. Elle sourit mais son regard la trahit :

— Je me souviens de l'attention avec laquelle elle m'avait regardée et écoutée, dit son professeur de philo, lorsque j'avais dit, à propos d'un devoir sur notre attitude face à l'enfance, qu'une enfance, même dans ce qu'elle a de négatif, est quelque chose qui nous a faits. Que nous sommes nous-mêmes par cette enfance. Qu'il faut donc l'assumer, elle est constructive.

C'est bien ce que Valérie tente de faire dans le vide de sa chambre, loin des paillettes de la scène, loin des projecteurs des tournages, loin des chuchotements des salles de classe et des salons, loin de tout à vrai dire, mais forte de sa solitude. Les anorexiques, puissants seulement en leur solitude... Un état que privilégie la littérature, ce dialogue en différé.

Et les mots de Malika lui sont venus. Cette fois-ci, il ne s'agit plus d'un document mais d'un roman, un vrai, comme en font les écrivains.

Chaque soir, quand elle retrouve sa machine à écrire, elle se sent vivre :

Ecrire, c'est une très grande liberté, j'y ai trouvé la justification de vivre. Si je n'écris pas, je ne suis pas capable de sortir, de voyager, d'aimer...

Plus besoin de se lover sous la table pour rêver, il suffit de s'asseoir devant une machine à écrire et de laisser déferler tous ces mots sur la page blanche, équinoxe pressée d'avoir été si longtemps retenue. Trois semaines pour *le Pavillon,* deux mois pour *Malika,* peu d'écrivains peuvent se vanter d'une plume aussi rapide.

« L'art sera vivant quand le dernier artiste sera mort » (graffiti des années 70). On imagine que l'artiste, du moins celui qui se prend comme tel, et tente d'extraire quelques mots ou coups de crayon d'une maigre substance demeure paralysé devant son papier blanc. Ce n'est pas le cas de Valérie. Du moins pas encore. Son imaginaire est aujourd'hui fort occupé à tuer définitivement sa mère et à prolonger au maximum les absences de son père. Vide qui lui permettra d'aimer.

L'apaisement momentané qu'elle connaît l'autorise à envisager, devant sa machine à écrire, le climat d'un certain bonheur. Le sien peut-être si, à treize ans, on ne l'avait pas internée.

C'est une petite fille de dix ans qui vient à elle, Malika, blonde et pure femme-enfant. Elle partage avec son frère, Wilfrid, quinze ans, un somptueux appartement du côté de l'Etoile. Leur mère est morte. Ils n'ont aucun souci matériel. Le père, homme d'affaires élégant, dépose deux fois par an l'argent qui les fait vivre et le déculpabilise.

Les mensonges des adultes, ça ne trompe personne. Il était resté dix minutes et, après tout, il avait rempli son devoir de père, puisqu'il nous avait laissé l'argent, la liberté et le décor de notre vie.

Les enfants se nourrissent des plats de spaghettis préparés par une bonne invisible et vont tous les jours à l'école. Du moins un certain temps. Seuls compagnons de cet exil heureux : un chat et un perroquet.

Valérie jette sur le papier les dialogues et les monologues intérieurs du frère et de la sœur qui, dans une alternance de chapitres, s'interrogent sur eux-mêmes et sur l'autre, sur cet amour fascinant et fatal qui les unit. L'Amour tel que le rêve Valérie, absolu, éternel, fusionnel, ne supporte aucune intervention extérieure. On y boit l'eau du Léthé, la source de l'oubli. Oubli des autres, les adultes, parents ou profs, hommes ou femmes, dont elle épingle les exploits.

En posant le pain sur la table, je me rappelle soudain mon prof de maths. Je l'ai rencontré hier, tandis que je dînais avec Malika dans un restaurant vietnamien. Il était complètement saoul, il n'a pas arrêté de dire des conneries et j'étais vraiment emmerdé. Le clou, c'est quand il m'a demandé avec des mots jolis si je ne voulais pas coucher avec la putain qui l'accompagnait ! Sous ses yeux évidemment, j'étais plutôt furax, j'aime autant vous le dire ! Le prof ! L'idéal de la morale !

Présence à soi-même dans une reconnaissance de soi à travers l'autre qui, comme vous, demeure fixé dans une enfance mûre, dont le corps, comme le vôtre, n'est pas stigmatisé par les souillures inhérentes à l'âge adulte. Valérie met en scène ce double imaginaire. Malika et Wilfrid partagent les privilèges de l'intelligence et de la lucidité, associés à leur corps d'enfants, condition qui autorise l'amour physique :

Même si aujourd'hui est un jour comme tous les autres

pour les autres, pour nous, il est différent. Je dois lui dire que tout est bien et que... Mais elle sait, elle a toujours su. Tout su avant moi. Elle dort. Je lui caresse le bras. Un petit bras chaud. J'écarte les cheveux et je vois deux tresses, deux minuscules tresses... Elle ouvre les yeux, me regarde étonnée comme si elle cherchait à savoir ce que je fais là... Puis elle se rappelle... Sourire... On ne s'est rien dit, il n'y avait rien à dire. Les paroles, elles n'étaient pas à leur place entre nous. Il n'y avait que des sourires.

Mais la société, qu'une troisième personne suffit à constituer, menace de troubler ces eaux calmes. Wilfrid rencontre Hélène. Wilfrid tombe amoureux d'Hélène qui l'initie, avant Malika, à l'amour physique. C'est une femme, une vraie. Elle appartient donc à l'autre monde, celui des adultes et sème la perturbation entre le frère qui dit de Malika : « *C'est terrible, elle veut toujours que je pense à elle* », et la sœur, jalouse : « *Et moi, je ne veux pas qu'il aime quelqu'un d'autre, je veux qu'il soit avec moi...* »

Malgré le tabou de l'inceste, Wilfrid reviendra à Malika qui n'aime que lui et qui lui plaît infiniment plus que les autres :

Elle a choisi le compromis entre les adultes et les enfants. Elle a pris le charme de chacun et a laissé leurs défauts. C'est ça qui me plaît, on ne peut pas la définir, pas la classer, elle s'échappe tout le temps... Alors elle s'en va avec moi, je ne sais où, quelque part où tout est noir et beau, elle me prend la main et regarde là-bas les mots inconnus qu'on n'a pas encore découverts et qui nous attendent.

Derrière Malika transparaît Valérie, la petite fille qui se voulait innommée, innommable, la petite fille qui s'échappait tout le temps, ne laissant aux autres que la vibration de son passage. Mais qui, livrée à la solitude, en souffrait. Malika matérialise le rêve de Valérie : s'échapper à deux, ensemble, vers un autre langage. Leur bonheur est tel qu'il ne s'accommode plus du langage périmé des institutions.

Ils quittent l'école pour se réfugier dans le sud de la France, où la réalité abhorrée reprendra le dessus : les gendarmes les découvriront, le père menace d'enfermer son fils dans une maison de correction — la veille, Wilfrid se suicidera — et Malika se jettera sous une voiture. La mort les réunit, qui les sépare définitivement du monde hostile :

Le sang coule, coule comme une mer, comme un fleuve d'horreur, maintenant, je connaîtrai la joie, nos deux regards, nos deux corps se sont fondus en un seul. Nous nous sommes enfin trouvés.

La mort, dissolution des corps et fusion dans le « grand tout », la mort, seule sauvegarde, unique salut face à la société qui menace, devient, à partir de Malika, un thème récurrent dans l'œuvre de Valérie. Elle ne dit plus comme dans *le Pavillon des enfants fous* : « *Je sais que la mort est belle* », elle prouve par la mise en scène de l'écriture qu'Amour et Mort ne font qu'un. Elle est passée de l'autobiographie au roman, reprenant les grands mythes, façon Tristan, à la mode des années 70. Mais le roman frôle une autobiographie rêvée.

Les journalistes qui l'interviewent ne sont pas très à l'aise.

Trop lucide cette petite fille, et puis, tout est noir en elle, ses cheveux, ses yeux, ses vêtements, son humeur.

Michel Caffier, de *l'Est républicain,* qui lui reconnaît « l'écriture souple, l'observation grinçante et un talent incontestable », lui donne rendez-vous dans un café de Saint-Germain-des-Prés. Il veut savoir « comment se sent dans la vie quotidienne un écrivain de dix-sept ans qui accumule en même temps la souffrance, le talent et le succès ».

Silence et dérobades de celle qu'il appelle la *Demoiselle en noir*. Il dit même que, si elle avait été adulte, il serait déjà dehors.

La réalité, qu'est-ce qu'elle entend par là ? Elle vous lâche comme on jette du pain sec aux canards :

Je ne vais pas faire une grande théorie, je dis les choses comme je les pense, j'écris les choses comme elles me viennent. Elles m'aident à supporter la réalité en vivant dans un monde imaginaire.

Elle semble ailleurs. Elle y est :

Pour moi, le rêve est un état, une sensation. Ce ne sont pas des images qui défilent.

Elle est en train de regarder la réalité juste ce qu'il faut, le manège de la porte-tambour ; au loin les voitures et les passants du boulevard Saint-Germain, hachés par les montants en bois des vitres — flous derrière le rideau de mousseline.

Dans ce café célèbre qui réunit les hommes politiques, la haute presse et les écrivains, elle observe que l'on règle ses comptes et l'addition dans le halo de fumée des gros cigares. Réalité qu'elle ne tient pas à voir plus qu'il n'est, qu'elle n'est nécessaire :

Je me sers de la réalité seulement pour rêver, m'amuser avec elle, écrire dans un monde qui est entre le rêve et le réel. Ce n'est pas non plus un refus. Comme un défi. Après, on fait ce qu'on veut de ce qu'on a vu.

Dans son article, le journaliste écrit : « Elle me navre un peu dans son entêtement énigmatique. Toutes les questions griffent sa peau à vif. Les réponses sont brèves, sans sourire. »

C'est mon caractère d'être défaitiste et pessimiste, sinon je n'écrirais pas, lui déclare Valérie, qui ajoute : *Je n'ai aucune indulgence à avoir pour les adultes. Je ne veux pas leur ressembler. Des adultes bien, il n'y en a pas beaucoup. Des enfants bien, il n'y en a peut-être pas plus d'ailleurs... Je reproche aux adultes leur incompréhension, leur égoïsme, leur mépris pour les enfants et tout ce qui ne vient pas d'eux.*

A l'issue de cet interview pas comme les autres, Michel Caffier s'interroge. Il se demande : « Quel soleil sur Paris mettra un peu de rose dans ce monde trop noir ? Qui réussira le petit miracle et donnera à Valérie Valère, qui a tant de talent pour écrire, le plaisir des trottoirs encombrés d'étals de fleurs et de légumes ? Ou quelles questions de journaliste ? »

Mais Valérie se prêtait au jeu de l'interview comme elle faisait ses devoirs. Parce qu'il le fallait pour être lue. Elle savait aussi refuser. Elle avait dit non à *Paris-Match* qui voulait la photographier avec son chat dans sa chambre.

Quant aux photographes, ils seront systématiquement rejetés par les gardes du corps postés en permanence devant sa porte... Evidemment, tous chercheront à percer le mystère de l'écrivain et à faire le premier papier révélateur sur Gene Carl, mais jamais personne n'aura cet honneur..., dit Gene, le héros du second roman de Valérie, *Obsession blanche,* auquel elle avoue ressembler : « Je suis un peu Gene. »

Elle avait dit non aussi aux journaux de télévision qui l'avaient assaillie à la sortie de *Pierrette.* Non, malgré l'insistance de son metteur en scène, Guy Joré :

— La petite a été horrifiée par le genre de questions que lui posait la presse. Du jour au lendemain, elle a refusé tout interview. Elle avait tourné la page en ce qui concernait le cinéma. Il n'y avait plus que la littérature. J'ai trouvé qu'elle n'était pas amicale avec les acteurs en refusant.

Pour le cinéaste, cet impossible refuge dans l'individualité de la tour d'ivoire signe une trajectoire d'une logique effrayante.

Et l'ivresse l'emmenait loin dans son refuge hors de

l'espace et hors du temps, elle l'emmenait loin de sa sinistre vérité (Gene Carl).

Quand j'écris, je suis dans un monde différent, tout à fait à part. Pas dans un monde agressif et empoisonné (Valérie).

Pourtant, d'emblée, elle a dit oui à un journaliste. Jean Couturier sait la prendre et même, plus tard, la surprendre, la fasciner. Dans son regard, elle croit déceler l'étincelle complice qu'elle recherche.

Après avoir lu et aimé *le Pavillon* et *Malika,* il souhaite rencontrer cette jeune fille, dont il trouve intéressante « la tristesse saine ». Il lui propose de faire avec elle « Nuits magnétiques », émission de France Culture, où l'on sera libre de « hurler contre ces assassins qui ont assassiné un être d'exception ».

Il n'a pas l'intention de l'enfermer dans un studio et de lui poser des questions. Pas l'intention de lui arracher quoi que ce soit. Il l'invite tout simplement à marcher avec lui le long de la Seine. Valérie accepte, pendant cette promenade, la présence d'un témoin muet, le micro.

Ils renoncent, comme ils en avaient l'intention, à suivre le trajet de Malika : Etoile, Saint-Lazare... A ce geste « trop théâtral », trop dans le roman, ils préfèrent le parcours plus spontané qui les mène de la Maison de la radio à la tour Eiffel. Spontanéité qui reflète une sorte de connivence, de complicité naturelle. Ils traversent un pont, se posent dans un café bruyant, suivent les quais... Valérie se sent en terrain connu, elle perçoit chez ce garçon qui ne lui pose pas de questions, qui ne veut rien lui prendre, une même difficulté d'être, une révolte semblable.

Elle se sent légère comme si elle flottait. Elle trouve beau ce paysage qui, quelques jours plus tôt, lui aurait profondément déplu :

Souvent, les gens se retournent sur le passé, crient contre les buildings, alors que les buildings aussi sont beaux à leur manière. Se promener sur le front de Seine est aussi beau que se promener dans les vieux quartiers.

Quelque chose en elle s'est ouvert. Une barricade interne a sauté. Elle parle librement de *Malika,* elle n'a pas pu y dire tout ce qu'elle voulait. Elle a un peu l'impression que c'est une jolie histoire et puis c'est tout. Enfin non, pas tout à fait. « Même si c'est encore moi, dit-elle, ce n'est plus moi du tout. »

Il ne faudrait quand même pas que Jean confonde Valérie et Malika, qu'il s'intéresse à elle à travers un personnage de roman, qu'une fois de plus un être passe à côté d'elle, Valérie, et lui préfère une image, un fantasme. Alors, elle insiste, elle précise qu'elle n'est plus cet enfant :

C'est pas vraiment mon langage. On est toujours rejeté de l'univers des enfants. C'est attirant mais on ne possède plus cet univers. Il est à jamais perdu.

Elle dit bien que *Malika* est un roman dont les événements ne pourraient se dérouler dans la vie réelle.

Je sais que l'absolu n'existe pas. Malika *est un grand rêve qui finit parce que la réalité n'est pas comme ça. S'ils avaient continué leur vie, ils n'auraient pu poursuivre leur amour. Il est trop beau, trop pur.*

Elle parle aussi du livre qu'elle est en train d'écrire, de cette histoire d'un écrivain qui a déjà publié et qui n'arrive plus à écrire :

Il est assez fou. En fin de compte, la page reste blanche. Et il rêve qu'il écrit, qu'il va devenir l'écrivain du siècle... Une fois qu'on a ce qu'on veut, c'est fini. Ce qu'on fait faire à ses personnages, on ne le fera jamais : on sait ce qui va arriver, on sait la fin de l'histoire.

Ecrire est vivre mais est, en même temps, soustraire toute une part de la vie à la vie. Valérie pressent que l'écriture aussi est fuite et que la revanche prise sur le seul papier perd de sa saveur. Comme Rainer Maria Rilke qui, dans son tout premier texte, avait opposé la plume, « revanche du faible », à l'épée.

Elle justifie ses doutes, inhérents au métier d'écrivain.

Non, ce n'est pas ce que je veux écrire. Quand on ne doute plus de ce qu'on a fait, il n'y a plus rien à dire. Quelqu'un qui écrit ne trouve jamais le vrai mot. Toute sa vie, il cherche.

Elle fait enfin l'apologie de la tristesse, de sa tristesse.

La tristesse est en moi mais pas comme les gens l'imaginent, quelque chose de mal qui met mal à l'aise. Pour moi, elle peut être heureuse, rendre heureux.

Ainsi, à partir de ces phrases confiées, murmurées plus que dites à un journaliste, qui seront mêlées à des extraits de ses textes et de textes étrangers, lus par une comédienne, se construit une série de cinq émissions.

Valérie les écoute avant qu'elles ne soient diffusées. Elles lui plaisent : elle s'y reconnaît et découvre qu'il est possible de dire des choses importantes pour soi, sans qu'elles soient forcément gommées, abîmées par le média.

La promenade au micro, le long de la Seine, marque une date importante pour elle, plus importante que celle du très officiel « Apostrophes ». Elle repasse souvent dans sa mémoire cette flânerie d'un vendredi de juin où les vitres des buildings de verre captaient tous les rayons du soleil couchant, où l'air sentait déjà l'été. Elle sait qu'elle reverra ce Jean Couturier dont l'interview, à l'inverse des autres, comportait certainement une part de magie puisqu'il avait réussi à dissoudre l'habituelle retenue qui était la sienne. Quand se rencontreront-ils de nouveau ? Elle ne le sait pas encore.

Pour l'heure, à l'approche de l'été 1979, elle mène une double vie. D'un côté, elle est la lycéenne qui, chaque matin à la même heure, prend le métro à Porte de Vanves, parfois avec Mlle Marmotin, parfois sans, la bonne élève que le chahut exaspère et qui, consciencieusement mais facilement, prépare son bac. De l'autre, elle est cet écrivain qui se perd dans les méandres et les vertiges du roman qu'elle est en train d'écrire, *Obsession blanche*.

Elle enchaîne un livre à l'autre comme si elle ne pouvait se permettre aucun espace, aucun vide, aucun entre-deux, par le biais duquel oserait s'infiltrer cette vie qu'elle refuse, source de tous les dangers déjà éprouvés. Ecrire, c'est se défaire comme d'une vieille robe de tout ce que l'on risquerait autrement de connaître dans sa chair, c'est désamorcer les angoisses qui se profilent à l'horizon, c'est les annihiler en s'en nourrissant à travers les mots et les phrases qu'elles construisent.

Ecrire, c'est la prison que Valérie s'est choisie, et la machine à écrire, comme le dit justement son héros, Gene Carl, devient une nouvelle voleuse d'être :

Elle déroule le fil tissant son être avec une minutie mécanique, gravant sur la feuille ces lignes qu'elle lui dérobe en le vidant peu à peu de toute richesse intérieure... Multitude de caractères, identité des formes, barreaux de sa prison...

Comme Gene, Valérie se sent humiliée de devoir limiter sa pensée à un seul terme alors que son univers lui paraît sans barrières. Mais elle s'y astreint, aujourd'hui encore, sans trop de peine. Dans quelques mois, elle confiera à Jean Couturier, devenu alors une sorte de miroir sans tain où l'on ne se reflète plus pour cause de ressemblance :

Tu sais, j'ai énormément écrit, tellement écrit que j'ai peur de ne plus pouvoir.

Elle cachait alors dans ses tiroirs des milliers de pages dactylographiées, auxquelles, déjà, elle avait donné des titres : *Passerelle des rêves* (avril-juillet 1978), *Station D* (août-janvier 1979), *Aurel* (essai inachevé, 1977), *Laisse pleurer la pluie sur tes yeux* (avril-juin 1979), *Autobiographie* (1979), *Pierre Toran* (1979).

Mais elle ne les avait pas présentées à son éditeur.

Au fil des pages qui tombent, c'est la machine à

écrire, instrument de torture, qui va, peu à peu, prendre le relais des figures ennemies, ces êtres qui croient vous donner mais qui, en réalité, vous prennent. Et toujours resurgira, plus ou moins justement, derrière la blouse blanche de l'infirmière, le tissu soyeux de l'acteur, le costume élégant de l'éditeur, derrière tout pouvoir, le visage de cette mère qui vous a privée de votre naissance. Rien ne saura vraiment défaire le mal primitif. En dépit du recul pris et de la distance gagnée, qui apparaissent dans *Obsession blanche,* roman où les parents ont cédé la place au vertige de la page blanche, la souffrance, qu'il faut toujours alimenter, continue de ronger l'être comme un cancer. Une maladie que Reich avait décrite comme une sorte de prolifération anarchique des cellules, créatrices à leur façon, démons internes reprenant à leur compte toutes les facultés d'invention que l'être s'était interdites. C'est exactement de cette façon que Fritz Zorn dans *Mars* a expliqué sa mort. C'est ainsi que Valérie justifie la sienne si l'on s'en tient aux dernières pages de son dernier roman publié et si l'on a saisi la logique de sa trajectoire sans failles.

Mais aujourd'hui, exceptionnellement, elle ne pense pas à la mort. Elle passe son bac et le réussit. Elle remporte toutes les palmes, scolaires et éditoriales. Les droits d'auteur, c'est-à-dire des chèques, tombent dans sa boîte aux lettres. Elle a conquis, avec ses livres, l'indépendance économique. Elle peut quitter maman. D'ailleurs, pourquoi resterait-elle ? Eric, son frère, est parti. Il a loué un studio. Il est temps de mettre fin au vain tête-à-tête mère-fille.

Dix-huit ans, droits d'auteur en poche, Valérie achète un studio dans un quartier qui lui convient. Elle quitte ce XVe qui l'a vue naître, dont elle connaît chaque rue, chaque station de métro, chaque commerçant, pour un nouvel arrondissement, le Ve. Elle s'installe à deux pas de son éditeur, à trois de la Sorbonne où elle s'est inscrite en Lettres, entre le marché le moins cher et le plus snob de Paris, rue de Buci, la très vieille rue Saint-Jacques que jadis, dit-on, les mammouths laineux empruntaient pour aller s'abreuver aux eaux de la Seine, et le boulevard Saint-Germain où se nouent et se dénouent bien des affaires parisiennes. La vue donne, par trois grandes fenêtres, sur un ancien cloître et des odeurs tunisiennes, de son pays d'origine, montent du rez-de-chaussée, un couscous toujours bondé. L'escalier est étroit et raide, le couloir long et sombre. Mais elle est chez elle, entre ces quatre murs qu'elle a voulus entièrement blancs. N'y pénétrera pas qui veut. D'ailleurs nul ne doit connaître son adresse.

La voici libre, entièrement libre, sortie en même temps du ventre scolaire et de l'antre maternel. Fini les contraintes du lycée qui constituent une espèce d'armature, fini aussi l'absence de contraintes maternelles, autre corset. C'est alors qu'elle accepte de revoir Jean Couturier. Mais pas ici, ailleurs.

Il y a chez moi, lui dit-elle en forme d'excuse, *un chat avec lequel vous ne vous entendriez pas.*

C'est faux, bien sûr. Le chat avec lequel elle vivait chez sa mère vient justement de mourir. Ce qui lui a donné l'occasion de voir, pour la première fois de sa vie, sa mère pleurer de vraies larmes. Evénement qu'elle a même confié au journaliste Michel Caffier :

Avant-hier, mon chat est mort. Ma mère a piqué une crise pas possible. Tout ça pour un chat. Bon, c'est triste. Mais c'est la première fois que je voyais ma mère pleurer.

Ce jour-là, Valérie a dû se sentir soulagée : sa mère prenant le relais, elle pouvait cesser de gémir. Mais les chats ne meurent pas tous les jours.

Des êtres indépendants, souples et fuyants, on dit qu'ils ressemblent à des chats. Cet animal, qui a la faculté de se mettre en boule et de retrouver la position fœtale lorsque le vent souffle trop fort, revient souvent chez ceux qui évoquent Valérie. D'ailleurs, aujourd'hui, Jean Couturier se souvient d'elle dans ces termes :

— Une petite boule à la porte devant chez moi... Notre amitié fut celle de deux chats pouilleux, dit-il, de deux ouvriers parlant maçonnerie, ajoute-t-il.

Maçonnerie : un même désespoir à partager. Au fil de son errance sur le bitume parisien, qui bifurque alors, pour cause de succès, dans les salles de rédaction des journaux et les studios de la radio, elle croise un semblable, quelqu'un qui lui ressemble. Et ressembler, c'est aimer. Elle le dit, elle l'a écrit cent fois.

Couturier est, à l'époque, un personnage qui se sent mal dans sa peau, malade, déprimé au point de devoir prendre des médicaments. Il a le teint blafard, l'œil cerné, la joue creuse, l'expression inquiète et tourmentée. Comme elle. Tout va mal donc tout va bien. Ils se ressemblent. Ils s'écrivent, ils se voient. Elle pense alors que, dans ce monde qui lui est hermétique, seul Jean Couturier la comprend. Ils naviguent sur la même longueur d'ondes : « Nous étions deux chats qui avions froid. Se blottir l'un contre l'autre, ça crée des relations. »

Il est 3 heures du matin quand le téléphone résonne chez le journaliste. La police le somme de venir au commissariat du XIIIe où une certaine Valérie T... le réclame. A moitié endormi, il met un certain temps à réagir. Le nom qu'on lui a donné ne correspond pas à celui qu'il connaît. De même, le professeur de français n'avait pas trouvé le nom de son ex-élève dans les catalogues de Stock. Il faut dire que la petite fille qui se voulait sans nom en possède au moins deux, celui qui lui fut donné et celui qu'elle s'est choisi.

Lorsqu'il arrive, il trouve Valérie la mine défaite, l'air plus égaré et plus débraillé que d'habitude, assise sur un banc du commissariat :

— Cette nuit-là, j'ai compris qu'elle mourrait, dit-il aujourd'hui. Et pourtant, quand je l'ai connue, elle avait tout pour elle, toutes les forces. Elle était un écrivain, ce qui était pour elle la chose la plus importante.

Cette nuit-là, elle a tout perdu, son sac, ses papiers, elle a tout oublié, excepté son nom et celui du journaliste. Elle sourit presque quand elle le voit. Cette nuit-là, elle l'a rejoint, elle s'est, comme lui, droguée de médicaments. Paris est une plage envahie par les brumes, les promeneurs sont rentrés se coucher, les arêtes des immeubles, dunes molles et sinueuses, ne sont plus des obstacles, l'air est infiniment doux et jamais café-crème au bistrot de la gare d'Austerlitz n'a eu tant de saveur.

Sympatoche ou Neuropuche, Gammacher ou encore Urbanique, cet anti-dépresseur léger, cette médecine très urbaine qui apaise les stressés de la cité... Les petites pilules la font très lente, très calme. Elles ont dissous les tensions. Elle rit, elle sourit tout en déclarant, comme on annoncerait une bonne nouvelle, qu'elle a pris tous ces médicaments parce qu'elle voulait mourir, qu'elle avait envie de mourir, que la mort était belle. Elle rit mais elle parle très sérieusement. Elle ne dit pas n'importe quoi, elle pense ce qu'elle dit. Et ces mots la soulagent comme s'ils correspondaient à une exigence profonde, comme s'ils répondaient à un appel interne qui devait être entendu par au moins une autre personne.

C'est un peu comme un jeu, un coup de rêve organisé, dont Valérie est seul metteur en scène. Mais elle a enfin trouvé un partenaire qui accepte de jouer avec elle, de la rejoindre dans cette fascination de la mort... Oui, laissons la mort nous prendre, elle, elle seule veut bien...

— Elle était drôle, elle était comédienne. Elle avait joué, cette nuit-là, un personnage émouvant. C'était à mourir de rire quand elle est sortie du commissariat. Le scénario s'était bien déroulé, elle était toute réjouie.

Selon la clinique, le psychotique se théâtralise pour échapper à la dislocation.

Le jour se lève lorsqu'elle regagne, seule, comme elle le désirait, son studio. L'escalier est sans fin. Comment arrivera-t-elle en haut des marches ? La scène l'a amusée mais terriblement fatiguée. A nouveau, elle est prise de vertiges et le kaléidoscope des couleurs tournoie dans sa tête comme autrefois, il y a quatre ans, à l'hôpital de S... Ses jambes ne la portent plus, elle tombe.

Combien de temps demeure-t-elle recroquevillée sur cette marche étroite dont l'angle la blesse ? Combien de temps faudra-t-il encore vivre, endurer cette souffrance presque permanente qui vous serre la poitrine, qui pèse, boule de plomb, à l'endroit du plexus, qui vous envahit d'une nausée insupportable et mortifère ? Combien de temps encore ?

Elle est restée très longtemps sur cette marche, hors du temps, jusqu'à ce que le temps des autres qui dévalent l'escalier pour se rendre... (elle ne veut pas savoir où...) la tire de sa torpeur, jusqu'à ce que l'apaisement, qui vient toujours après les moments de déroute, lui permette de se lever et de rejoindre son repaire. Se lover sous les draps comme autrefois.

Dormir.

Essayer de dormir.

Il y a des jours où tout va bien, ou presque, des jours où elle accomplit les mêmes gestes que ses contemporains, ou presque. Elle se rend au marché de Buci comme on part en promenade, prend le temps de choisir la salade la plus verte, le brin de menthe sans lequel le concombre à la crème ne vaudrait plus rien, la tranche de thon fraîche et rouge comme une viande saignante. Le panier plein, coincé entre ses boots noirs sous la table, elle s'assied à la terrasse du café du Marché et observe les allées et venues de ce monde dont elle se sent coupée : *Il y a toujours une barrière qu'on n'arrive pas à casser.*

Ici, un carrefour, les rues sont animées, les passants affichent leur liberté et les modernités se courent après. La femme tout en noir, style veuve années 30, côtoie la fille bardée de cuir et de clous. Les premiers « battants », cheveux en brosse, cravate longue et étroite, croisent sans les voir les derniers babas orangés et barbus. Ici, les looks s'entremêlent et les époques se rejoignent dans un même va-et-vient. Elle attend quelque chose — non, un coup de tonnerre ne suffirait pas —, quelque chose qui les tire de leur sommeil, qui interrompe leur jeu, qui les dénude, les brise et les éveille. Alors ils souriraient, alors elle leur prendrait la main, alors la culture descendrait dans la rue :

C'est là que je voudrais la trouver, pas dans les musées qui sont si froids, ni à la faculté où elle n'est pas véritablement, où les études telles qu'elles sont me dégoûtent. On se croirait en sixième.

Mais rue de Buci, rien n'arrive. Alors elle va au cinéma voir un drame psychologique. Elle n'aime plus les comédies musicales. Elle se sent vaguement coupable de n'être pas remontée écrire, d'avoir substitué à ses propres images les images toutes faites qui défilent sur l'écran. Mais elle a tant écrit, et puis, le roman de ce Gene Carl qui lui ressemble ne vient pas aussi facilement que le précédent. Elle jette sur le papier les fantômes qui risqueraient, si elle ne les exorcisait pas, de la hanter. Pour que les touches ne se dérobent pas sous ses doigts, que les mots ne se déforment pas, ne lui renvoyant que des images imparfaites, elle prévient le mal :

J'ai écrit ce livre avant de le vivre, dira-t-elle, *avant d'avoir peur de ne plus pouvoir écrire.*

Pour conjurer le sort, elle tape à la machine et tape encore :

Il est vide, tout comme cette étagère, blanc, tout comme cette tasse et mort, tout comme cet espoir crevé. Jamais il n'a existé !

Valérie Valère existe-t-elle ? En dépit du succès qui est le sien, de ce miroir prometteur dans lequel elle pourrait enfin se réfléchir, elle continue de se le demander. Un moment, oh très bref, elle a joué à la vedette :

— Au moment de *Malika,* dit Alain Vircondelet, elle était devenue insupportable, capricieuse, se faisant solliciter pour venir aux rendez-vous de travail. Elle était alors encensée et euphorique.

Vite, le jeu l'a ennuyée. A tel point que ceux qui l'ont aimée, d'un amour platonique comme Jean Couturier ou d'une amitié née de l'identification comme Christine l'anorexique, disent qu'elle ne se rendait pas compte de son succès, qu'il ne l'intéressait pas. Elle le traversait, passant à côté de lui sans le voir. Comme s'il n'était pas pour elle. L'accepter eût été sourire à sa mère, la vaincre définitivement. Ce qu'elle ne pouvait se permettre.

Elle pleure, pleure dans cette salle obscure qui repasse une copie très abîmée de *Mort à Venise.* Elle pleure devant certaines images bien précises, ce retour-arrière où l'on voit le compositeur heureux avec sa femme et sa petite fille dans une prairie et puis, cette autre famille heureuse, la mère et les enfants en costume marin, venus prendre leurs quartiers d'été au Lido. Images d'un bonheur rêvé et inconnu, impossible mais désiré.

La phrase de Thomas Mann qui apparaît sur l'écran, en

exergue du film, lui est familière : « Celui qui a contemplé la beauté est déjà prédestiné à la mort. »

Même ces jours où tout va bien, ou presque, elle se sent étouffer comme le poisson au fond de la barque. Elle est lasse de se démener dans ce siècle où elle a été jetée, sans y vivre vraiment et sans non plus pouvoir le quitter. La maladie, qui poursuit inexorablement son trajet, n'accorde que des moments de répit trop brefs. Elle sait qu'elle a peu de temps à vivre, que la mort sera sa seule issue. Elle n'en a pas peur. *C'est comme une grande plaine.* « Un jardin », écrivait Mishima, dans la dernière image du dernier volume de sa dernière œuvre, *le Mur de la fertilité.* « C'était un jardin clair et paisible, sans rien de particulier. Comme un rosaire frotté entre les doigts, la stridence des cigales. Il était arrivé en un lieu qui n'avait plus de mémoire, rien. Le plein soleil de l'été inondait le jardin immobile. »

Elle est en pleine ascension littéraire, elle n'a pas encore vingt ans et déjà elle pense aux modalités pratiques qui accompagneront son décès. Aujourd'hui majeure, elle qui n'avait pu signer son premier contrat d'édition paraphe de son écriture penchée vers la droite — une calligraphie de grand-mère — les testaments qu'elle rédige : « Celui qui a contemplé la beauté est déjà prédestiné à la mort. »

6

La sortie du piège

Le chapitre 10 d'*Obsession blanche* est entièrement blanc. Plus de langage. Seuls, le vide de la page blanche, le silence qui interrompt le dialogue avec le lecteur. Juste avant, Gene s'était effondré sur le sol après avoir tendu les bras en avant et poussé un dernier cri. Juste après, un psychiatre lui injecte une dose de valium et l'admet dans un service de psychiatrie. Sursis.

Chapitre blanc, chapitre silencieux, absence aux autres pour cause de crise profonde, démence, dérive, folie, quel que soit le nom qu'on lui donne. Deux pages blanches qui donnent à voir, à toucher cette impossibilité de vivre sur cette planète, c'est-à-dire d'échanger quelque chose avec ses habitants, ne serait-ce que l'un d'entre eux. Si Valérie n'avait pas déclaré : « Je suis un peu Gene », nous ne nous attarderions pas sur ce silence qui en préfigure un autre, plus durable.

Ces pages blanches ne sont pas les premières de l'histoire de la littérature. Les auteurs du Nouveau roman en ont usé, eux aussi, manifestant ainsi le dérisoire et la lassitude nés de l'écriture sur l'écriture... Comme lorsque nous percevons notre image multipliée par deux miroirs qui se réfléchissent. La fatigue de Valérie-Gene est, elle, essentielle.

Valérie, qui ne pouvait se donner dans l'échange quotidien avec autrui, se découvrait dans ses livres.

— Après l'avoir vue, dit Christine, tu lis ses livres et tu la comprends, tu la vis mieux. C'est par eux qu'elle se découvre au-dehors.

Ecrire était devenu sa seule façon d'être au monde. C'est si vrai qu'elle revient sans cesse, à travers le personnage de Gene, sur les problèmes qui la hantent, elle. Notamment la contrainte que représentent pour elle les exigences matérielles.

Se nourrir.

Le garçon pose la tasse de café et le panier de croissants devant lui. Indécis, Gene les observe : « A quoi peuvent bien servir ces choses ? »

Se vêtir.

C'est toujours l'hiver et Gene, seulement vêtu d'un pull et d'une veste, tremble de froid...

Le poids de la solitude :

Il n'y a rien devant mes yeux, tout a disparu, mon imagination m'a quitté et je suis seul, bien sûr, je suis la solitude, je suis un être qui fait mal et qui meurtrit...

Le manque d'identité, vertigineux :

Il n'est, en cet instant, que le reflet mille fois reflété d'un énième autre, passant sans visage, errant sans pensée, vagabond sans âme...

Gene erre dans un espace sans limites :

Je dois continuer mon chemin, pensait-il désemparé, mais a-t-il seulement un chemin ? Non, personne ne lui en a tracé et il marche sous la nuit qui tombe, à la recherche d'un ami qui n'a jamais existé. Mais : *Il revient toujours s'asseoir devant le blanc où la folie le guette.*

C'est au dernier étage de la maison de la rue B..., dans son refuge, que Valérie trace ces mots. Elle frôle alors, de plus en plus souvent, l'extrême, le mortel... On sait dans son entourage, sans savoir au juste comment faire face, qu'elle est sujette à de graves crises de dépression, qu'il lui arrive de se *shooter* avec de savants, d'atroces mélanges médicamenteux. Elle-même ne sait pas pourquoi. Du moins, elle ne l'explique pas à autrui. Elle peut d'ailleurs vivre longtemps sans prendre les petites pilules qui apaisent l'angoisse. Et puis, l'envie la reprend, comme une urgence. Elle avale alors des fioles entières qui provoquent un sommeil profond, profond parfois jusqu'au coma, et se réveille dans un service de réanimation. Elle dit alors qu'elle ne recommencera plus.

Elle change. Elle maigrit encore, devient de plus en plus sombre, de plus en plus transparente comme si, peu à peu, elle se vidait de sa substance vitale. Les mots qu'elle trace pour se trouver, se rassembler, se récupérer, auraient-ils, sur elle, un contre-effet ?

Il ne lui reste plus qu'elle-même puisqu'elle s'est fermée, depuis longtemps, à tout apport extérieur, considéré comme un vol de son être. Elle ne se nourrit plus que d'elle-même ou de ceux qui lui ressemblent, mis en mots sur le papier. Sa façon de se donner au monde. De se perdre peut-être. Comme ces femmes qui ont tout donné à un homme et se retrouvent vides, inexistantes. Ce vide symbolisé par les pages blanches d'*Obsession blanche,* qui n'est pas accès au « plein » du nirvana, mais signe d'un manque terrible, incomblable.

Plus elle écrit, plus elle se vide. Plus elle a de succès, lettres, articles, invitations, télévisions, plus elle est accablée comme si elle sentait qu'elle n'avait pas la force de répondre à la demande, comme si elle ne pouvait assumer une réussite construite sur la destruction de ce qui la fonde : ses parents, malgré tout. Peut-être subit-elle aujourd'hui encore les conséquences de la publication du *Pavillon des enfants fous.*

Françoise Dolto dans *Solitude* se penche une seconde fois sur Valérie Valère. Pour la psychanalyste, le fait qu'elle ait été prise en charge par les médias et conduite à se livrer au public lui a certainement été nocif dans la mesure où elle avait écrit pour elle-même, par nécessité intérieure, dans le secret de sa chambre. Elle ne pouvait plus vivre à partir du moment où, publiquement, ses parents, qui l'avaient construite, apparaissaient comme des gens épouvantables : « C'est comme si elle était construite par de la merde, écrit Françoise Dolto, qui ajoute : A la puberté, il faut mourir à son enfance, mais il faut que l'essentiel de ce qui s'est construit dans l'enfance reste la base de l'adolescent. »

En manque de fondations, maison sans pilotis, Valérie flotte, déracinée. Elle semble alors marquer un intérêt pour ceux qu'elle croit solides, construits : les professeurs, les médecins... Eux sont sur un chemin, pense-t-elle, ils savent où ils vont.

— Elle savait que j'étais médecin, dit Patrick Vieuville, rencontré au cours d'un interview, elle avait tout un côté ouvert vers un dialogue dont elle avait envie... Mais elle se refermait comme une huître au milieu d'une conversation.

— Elle était fascinée par les gens qui avaient des charges institutionnelles, dit Alain Vircondelet qui est professeur tout en étant écrivain. Elle, qui incarnait un tel désordre familial, psychologique, croyait que j'avais une structure mentale rigoureuse. Avec elle, j'ai eu un rapport de maître à élève. Pour elle, j'avais le savoir, les fondations culturelles. Elle avait l'impression que, contrairement à elle, j'avais un projet. Mon sens du réel l'intéressait. Elle manifestait une grande soif de connaissance.

Valérie se penche sur ces gens établis un peu comme l'ethnologue tente de déchiffrer le code secret d'une tribu indienne. Mais l'ethnologue a beau arborer un pagne le temps d'un enregistrement au magnétophone, il ne devient pas pour autant cet Indien. Cette façon de vivre lui est à jamais interdite parce qu'il est né sur une autre terre, dans une autre tribu. Ainsi Valérie observe-t-elle une espèce dont elle a irrémédiablement rejeté la règle qui ne lui fut pas transmise avec amour. Par conséquent, elle ne peut se plier à aucune loi, si ce n'est celle que lui impose le métier d'écrire. Mais si celle-ci aussi se dérobe, emportant dans sa fuite les mots et les règles de la grammaire, que reste-t-il ?

— *Je n'ai plus conscience des mots, du sens des mots, dit Gene.*

— *Alors, il ne vous reste rien, dit Aurel le psychiatre.*

— *Non, il ne me reste rien...*

Rien.

La page blanche, la solitude, la confusion entre le rêve et la vie, le rêve et la réalité.

Rien.

Les médicaments pour accentuer ce rien, plonger dans un sommeil qui n'interroge plus, qui ne cherche plus à discerner ce qui appartient au rêve de ce qui appartient au réel, un sommeil d'où s'est absenté le langage qui nomme, juge et sépare.

Quête d'un repos qui prendrait la forme d'une grande plaine vierge d'obstacles, une plaine sans fleurs, distractions vitales dérisoires au regard de cet immense besoin d'un sommeil sans images et sans paroles, qui mettra au monde la petite fille sans nom, innommée, innommable, à laquelle Valérie enfant s'identifiait.

Nuit de juin. Elle fume cigarette sur cigarette dans son lit. Elle en est à deux paquets par jour, se nourrissant de cette fumée bleue qui ressort grise. Les aliments qu'elle rapporte du marché de Buci, il faut les préparer, les mâcher, les absorber, les digérer. La tâche est, de plus en plus souvent, insurmontable. Si au moins les pilules remplaçaient, comme dans *le Meilleur des mondes* de Huxley, la kyrielle des navets, des carottes et des biftecks. Non, elles vous endorment, même si vous gardez les yeux ouverts, elles mettent entre votre corps et les objets qui vous entourent une nappe de coton, un nuage de brumes. Elles vous éloignent des angles du réel. Le mur, la table, commencent à flotter sans contours. Valérie, qui voulait dissiper les brumes qui entouraient sa naissance, y revient, s'y plonge.

A l'instant, elle ne songe pas à cela. Elle regarde ces lumières jaunes qui courent sur le parquet. Une fumée âcre lui pique les yeux. Pourtant, elle vient d'écraser son mégot. Ça doit venir du couscous du rez-de-chaussée, quelque merguez aura brûlé. Chancelante, elle se lève. En posant le pied par terre, elle ressent la morsure du feu. Chez elle, ça brûle et les flammes gagnent le mur, le plafond, le toit, le ciel... Elle regarde ces flammes, cette réalité dont les médicaments la séparent :

J'étais dans les vaps, je voyais des flammes, de la fumée, je ne réalisais pas, le toit a brûlé, confiera-t-elle à Mlle Marmotin, lors d'une nouvelle rencontre, trois ans après son bac.

Si un voisin alerté par le feu n'avait forcé la porte du studio, Valérie aurait péri dans les flammes en cette nuit du solstice d'été, ce 24 juin 1980, où justement la coutume veut que l'on allume des feux dans la campagne et que l'on y jette les chats noirs.

« Je crois que dans ma manière de vivre, écrit Christine en octobre 1986, je rejoins Valérie qui ne savait plus que se droguer... J'ai fait une légère overdose de médicaments et le docteur a appelé le Samu, je me suis retrouvée à l'hosto avec lavage d'estomac, prise de sang à 5 heures du matin...

« Depuis, j'ai eu du mal à me réconcilier avec les gens, j'ai sauté un rendez-vous de psy, en prétextant que je ne voulais pas parler. Il m'y a obligée, pour une fois, en me posant des questions, je n'avais qu'une envie : partir ! J'ai sauté mes rendez-vous de dentiste, je ne voulais plus voir personne. J'ai eu des ennuis car j'ai vu plusieurs docteurs pour stocker des médicaments en espérant trouver celui qui me ferait dormir et ainsi absorber tout le contenu et me suicider.

« Je n'arrive pas à vivre sans amie, seule du matin au soir... Je ne connais qu'une personne mais elle se fout de moi... A elle, le psy a fait confiance et, en plus du généraliste, lui a prescrit pour un mois de cachets, alors que lorsqu'elle s'ennuie elle se drogue comme moi pour dormir le jour.

« Si le docteur savait qu'elle est dans les vaps, elle serait hospitalisée comme je l'ai été, mais elle sait s'y prendre et elle a la chance de loger dans une HLM porte fermée, alors que moi, c'est la maison de mes parents où j'ai deux pièces et je suis surveillée rien qu'en tirant le rideau. On se méfie de moi et mon père, l'autre fois, est venu tambouriner à ma porte. Mes parents viennent inspecter le logement, je ne suis jamais tranquille chez moi. »

Valérie a mis le feu à l'indépendance qu'elle avait conquise. A l'automne, elle retournera vivre chez sa mère.

Son livre sur l'impossibilité d'écrire est terminé, publié. Elle a réussi le tour de force d'être ce jeune homme, Gene, qui remplit avec des sexes ce vide qu'il ne peut plus remplir avec des mots. Valérie, qui n'avait pourtant jamais pénétré dans une boîte d'homosexuels, nous en donne des descriptions précises, exactement comme si elle en était l'un des piliers.

« Elle confirme qu'elle est écrivain et qu'il faut compter sur elle dans l'avenir, écrit le 26 mars dans *l'Est républicain* Michel Caffier, le journaliste qu'elle avait dérouté, à la sortie de *Malika*, dans un café de Saint-Germain-des-Prés... Il faut que Valérie Valère comprenne que même s'il n'est que “ mensonges et apparences ”, le monde extérieur est source de vie, de joie et de drames. L'inspiration n'est pas seulement dans le noir de l'encrier noir. Elle est aussi dans la pluie de mars et dans le soleil du lendemain. Elle est dans le Paris passionnant et angoissant qui déborde loin de la rue de Buci ou de la rue de la Huchette. Elle est dans le regard d'autres filles de dix-neuf ans, qui ont le désarroi de l'époque ou la déprime de la génération. L'inspiration est dans le retour du printemps et des bourgeons qui craquent... »

Cette fois-ci, un mois plus tard, le 2 mai, Valérie lui répond, laissant filtrer à travers ses lignes un semblant d'espoir :

Comme vous vous en doutez certainement, lui écrit-elle, *la fille en noir a beau regarder ce monde avec lequel elle rêve ou cauchemarde, devant sa machine à écrire, elle ne peut, ou pas encore, prendre part à cette fête de tous les instants et de tous les jours que, pourtant, quelque part au fond d'elle-même, elle désirerait atteindre.*

Dominique Desanti note dans *le Monde* du 19 juin 1980 : « Les fantasmes de Valérie Valère, à travers les cahots d'une écriture enchantée, enfantine, nous envoûtent dans son *Obsession blanche.* Qu'il y ait des creux dans ces 243 pages importe peu. La magie prend. L'adolescente qui crie sans qu'on l'entende, ce n'est plus un écrivain en mal de phrases, c'est tout un être qui a besoin de parler pour que les mots relient sa vie aux autres. »

Au hit-parade des livres de femmes qui « marchent », *Obsession blanche* arrive, dans *F Magazine,* en septième position entre *Moi, Christiane F..., 13 ans, droguée, prostituée* et *Agua viva* de Clarice Lispector.

Jacques Chancel prépare alors une série d'émissions sur la foi dans l'avenir et sur l'optimisme à travers des interviews de jeunes qui ont une vocation. Il invite Valérie à « Radioscopie ». Elle prend une dose de médicaments avant de l'affronter. Malgré ces euphorisants, elle reste elle-même, c'est-à-dire qu'elle ne se plie pas au jeu de l'optimisme inhérent à l'émission. Qui l'écoute, et connaît un tant soit peu Valérie, la sent au bout d'elle-même, dans le labyrinthe, dans l'impasse.

— Je ne voyais pas d'avenir pour elle, dit Farhabas, son professeur de français.

Elle non plus, apparemment, qui déclare :

Je vois pas tellement l'avenir ou alors à court terme. Ça se passera comme ça arrivera.

Elle répond aux questions de sa voix à la fois enfantine et sûre.

Guéri, je ne crois pas qu'on l'est jamais véritablement. C'est déjà bien que j'ai du recul... J'accuse mes parents, je les accuserai toujours... Maintenant, je suis détachée du cauchemar... On arrive à prendre du recul et à vivre avec ses différences ou avec sa folie (entre guillemets) mais on ne peut pas oublier... Ma vision de la vie est pessimiste, ça je ne pourrai pas en changer, mais ce n'est pas forcément être mal, c'est aussi être très lucide... Non, je ne rêve pas d'un autre monde... J'ai jamais cru à l'amour maternel... Je n'aurai jamais d'enfant. C'est évident qu'on va refaire les mêmes erreurs ou l'inverse... J'ai besoin d'être seule... Ce serait égoïste de vivre avec quelqu'un et de lui faire subir ses sautes d'humeur...

Et enfin : *... Ma mort rentrera dans votre oubli.* Encore une fois, elle y revient publiquement. Comme si le monde pouvait soudain se métamorphoser et lui donner la vie. Mais, déjà, elle se persuade que sa mort ne changera rien au cours désordonné du monde. Elle aura passé sans laisser de traces, elle sera oubliée. Jusqu'au bout, fidèle à son personnage. Témoin de son époque, elle en est aussi le martyr. « Tout homme qui témoigne est écartelé, doublement déchiré dans sa chair et son esprit. Déchiré d'abord à l'intérieur de lui-même entre le témoin suprême au sommet de son être et le pitoyable individu dont il assume la vie au long des jours. Déchiré encore par l'abîme qui sépare la vérité dont il témoigne, du monde qui ne veut pas recevoir son témoignage [1]. »

1. Arthur Adamov dans sa préface au *Livre de la pauvreté et de la mort* de Rainer Maria Rilke.

Après l'incendie de son studio, Valérie a donc retrouvé la mère dont elle n'arrive pas à se séparer. Elle a rapporté sa machine à écrire dans le XVe arrondissement et tape un nouveau roman, *Magnificia love,* texte baroque dont les épisodes se déroulent dans l'univers du spectacle. Elle nous entraîne au Crazy Horse, où la sublime et sensuelle Magnificia Love danse tous les soirs. Les hommes sont à ses pieds, elle les rejette. Comme elle prend plaisir à meurtrir avec un certain sadisme les autres danseuses du Crazy, Lova Moor particulièrement, qu'elle n'attire à elle que pour mieux la piétiner ! Tout cela pour finir, loin des paillettes et des projecteurs, dans un monastère.

Le tête-à-tête mère-fille a repris, aussi tendu qu'autrefois. Elles sont toutes les deux à la station de métro Porte de Vanves lorsque Mlle Marmotin aperçoit son ancienne élève. Valérie saute au cou de l'enseignante, comme si, en la retrouvant, elle embrassait le souvenir passé d'une année favorable.

Son professeur de philo la trouve plus élégante qu'autrefois. Elle porte un pantalon court, brillant, une veste noire, un joli chemisier blanc et, sur le visage, un léger maquillage. Elle a un style, une élégance naturelle. Elle n'est pas tout à fait à la mode mais la traverse sans la braver.

— Cela me fait plaisir de vous voir. Venez déjeuner samedi chez moi, lui dit son professeur.

Elle accepte avec plaisir, semble-t-il, l'invitation.

Quelques rues à traverser, l'appartement du professeur est proche de celui de maman et Valérie marche vite, pressant sous son bras l'exemplaire d'*Obsession blanche* qu'elle va offrir.

Elle sonne. La porte s'ouvre mais elle a l'air d'hésiter à entrer :

— Excusez-moi, c'est pas des façons. Pourriez-vous me prêter de l'argent ? J'ai une course urgente à faire.

— Combien ?

— Cent francs. Je dois acheter des médicaments tout de suite. Ma mère n'a pas voulu comprendre.

— Mais il est midi et demie, les pharmacies risquent d'être fermées.

Valérie ne bouge pas, clouée sur le palier. La demoiselle finit par extraire de son sac un billet de cent francs... Dix minutes plus tard, elle revient, reconnaissante : elle a trouvé ce qu'elle cherchait.

C'est encore une fois dans la cuisine, comme du temps où elle tournait *Pierrette,* que Valérie va se livrer. Devant l'évier où Mlle Marmotin lave les légumes auxquels elle touchera à peine.

— Il faut que je vous raconte...

Et elle raconte, comme si elle se parlait à elle-même, qu'elle s'est mise à fumer énormément. C'est vrai, elle n'arrête pas de tirer sur ses Camel filtre. Elle dit aussi qu'elle a beaucoup, beaucoup écrit. Elle confesse qu'elle a commencé à se droguer avec des médicaments.

La demoiselle s'étonne.

— Je sais, explique Valérie, ça m'a fait beaucoup de tort, ça a tari mon inspiration. Ça a détruit des tas de cellules de mon cerveau.

— Votre course de tout à l'heure, c'était pas ça, au moins ?

— Non, non, maintenant, c'est bien fini, j'ai compris qu'il ne fallait plus.

A table, Mlle Marmotin est frappée du peu qu'elle mange et de la quantité de fumée qu'elle avale. Elle revient sur le passé, reprend le cours des dialogues du métro mais différemment, comme si elle voulait, cette fois-ci, s'expliquer.

— Si j'ai appris le fil, c'est pour me prouver que j'étais capable de m'en sortir par moi-même.

— Vous avez arrêté ?

— Oui, j'ai trouvé que ce serait malhonnête de continuer puisque je ne voulais pas me fixer là-dedans. C'était une expérience.

— Et votre DEUG de lettres ?

— Décevant, j'ai arrêté aussi... Vous savez, avec mes droits d'auteur, j'ai pu m'acheter un studio mais il a brûlé une nuit que je fumais au lit. Alors, je suis retournée vivre chez ma mère.

Ma mère.

Tout l'après-midi, jusqu'à la tombée de la nuit, assise sur un coin de la table de la cuisine, Valérie va parler de ses relations avec sa mère. Et les phrases s'enchaînent les unes aux autres. Comme lorsque l'on parle sans plus même entendre ce que l'on dit, logorrhée intarissable, obsessionnelle, chant sans silence ni contrepoint. Soulagement momentané comme l'écriture qui n'est pas pour autant délivrance.

Mlle Marmotin essaie bien de la détourner du sujet mais elle revient comme à une idée fixe à cette mère « injuste » et « malveillante », à l'ami de cette mère qu'elle ne supporte pas. Elle peint à grands coups de pinceaux rageurs un tableau familial tout à fait sordide dont elle est l'impuissante victime.

Elle semble épuisée, plus pâle qu'à son arrivée. Son regard a changé.

On songe au taureau dans l'arène, proche de l'estocade. Le sang coule sur le côté de la blessure, la tête n'arrive plus à se relever. Les dernières forces de l'animal s'épuisent dans la ronde des capes qui cherchent encore à le fatiguer.

Le jeu va bientôt finir : il n'y a plus d'issue.

Valérie aurait pu rester encore des heures dans cette cuisine. Emportée par le tourbillon des mots, elle n'a plus conscience du temps qui passe. Mais il faut toujours rentrer quelque part, revenir aux découpages arbitraires du temps quotidien. A un moment donné, il faut se taire.

Il doit être 7 heures lorsque son professeur de philo lui demande une adresse. La main de Valérie tremble un peu en l'écrivant sur un bout de papier.

— J'ai remarqué que son écriture comme son regard avaient changé. A son arrivée, elle m'avait dédicacé *Obsession blanche* de l'écriture que je lui connaissais. A la fin de l'après-midi, son écriture s'était désintégrée.

Sur le seuil de la porte, elles promettent de se revoir.

— Je suis prête à t'aider, Valérie. Il faut que tu ailles dans le sens de la vie.

Encore une fois, elle entend ce conseil qu'elle aimerait tant pouvoir suivre si une force interne ne l'entraînait sur le chemin inverse, tout au fond de ce puits noir où elle retombe toujours.

Le lendemain matin, vers 10 heures, le téléphone résonne dans le petit appartement de Mlle Marmotin.

— Je suis un peu gênée de vous appeler. Vous devez me connaître sous un jour déplorable. Je suis la mère de Valérie Valère.

— Oui, j'avoue.

— Je dois vous poser une question directe : avez-vous prêté de l'argent à Valérie, hier ?

— Oui.

— Combien ?

— Cent francs.

— Eh bien, mademoiselle, elle est allée se droguer avec ça. Quand elle est rentrée, elle était dans un tel état que son frère l'a fait hospitaliser.

— ...

— Ce n'est pas trop grave, rassure la mère. Un lavage d'estomac, elle va rentrer demain.

— Ah bon, je la verrai mardi, nous avons pris jour pour mardi.

— Non, vous ne la verrez pas. Après l'hôpital, elle ira dans une maison religieuse.

La conversation téléphonique prend un autre ton. Emu, le professeur de philo témoigne à la mère de Valérie de toute l'affection qu'elle éprouve pour sa fille. Et la mère se confie comme, hier, la fille.

— Vous savez, lui dit-elle, à la suite de la parution du *Pavillon,* j'ai reçu des lettres de parents d'anorexiques. J'ai compris une chose : l'anorexique se nourrit de haine. Ma vie n'a pas été facile, mon mari m'a abandonnée quand elle était petite. J'ai élevé seule mes deux enfants. Maintenant, je vis avec un ami que Valérie n'accepte pas. C'est malheureux... Promettez-moi de ne pas parler à Valérie de ce coup de téléphone.

— Je vous promets.

— Mais vous savez, elle est très maligne. Elle risque de vous poser des questions.

Trois jours plus tard, Mlle Marmotin recevait un chèque de Valérie la remboursant des cent francs, accompagné de quelques lignes affectueuses. Elle lui répondit mais ne reçut pas de réponse. Si tant est qu'il en fallût une.

Au contraire des jeunes de son âge et de son temps, Valérie ne voyage pas. Tant que l'on ne s'est pas trouvé, à quoi bon se fuir ? La route des Indes, les jungles sud-américaines ? Distractions fastidieuses au regard du peu de temps que vous nous accordez encore. Une fois, elle avait accepté de suivre un ami de son frère au mont Saint-Michel :

— Elle s'enfermait dans sa chambre pour écrire, dit celui-ci.

Dans cette île austère, visitée par les touristes du monde entier, Valérie ne s'émerveille ni des musées ni des scintillements du soleil sur la vague. On dirait qu'elle ne voit pas et, pourtant, dans un de ses romans, *Laisse pleurer la pluie sur tes yeux,* on retrouve une trace de ce séjour au mont Saint-Michel. C'est là que s'enfuient les deux adolescents pour mettre leur amour à l'abri de la société. Et c'est précisément, comme Valérie, chez « La mère Poulard », qu'ils dînent.

Elle jetait sur les choses le regard intérieur de l'écrivain qui, à l'inverse du touriste, ne donne pas l'impression qu'il voit : il enregistre.

Ses rares déplacements ne l'emmènent jamais loin de la capitale. Le monastère, où elle a choisi de se retirer quelques semaines pour achever la rédaction de *Magnificia Love,* est situé dans la vallée de Chevreuse. Toute une vie réglée par le carillon régulier des cloches se déroule à côté d'elle sans qu'elle ait besoin d'y participer. La situation lui convient. La paix qu'elle y trouve n'est troublée que par de rares visites.

Régénération ?

C'est pourtant au calme de cette vallée riante, à l'ombre de l'abbaye de Port-Royal où plane encore le souvenir de Mère Angélique Arnauld, qu'elle rédige son troisième et avant-dernier testament, d'une écriture penchée vers la droite, enfantine : « Je, soussignée... demeurant à... saine de corps et d'esprit, désigne Monsieur G... héritier de mes droits moraux et Eric, mon frère, de mes droits financiers et moraux... »

A vingt ans, elle pense à sa mort prochaine aussi

sérieusement que si elle en avait quatre fois plus. Mais n'a-t-elle pas toujours, excepté en ce qui concerne ses relations avec sa mère, éprouvé et manifesté ce détachement qui précède la mort ? Une mort dont elle a toujours parlé simplement, qu'elle frôle de plus en plus souvent dans le sommeil des comas, un état qui abolit la motricité volontaire et la sensibilité, qui dissout la conscience, ne conservant plus que les fonctions végétatives. (Selon le dictionnaire.)

Un état qui peut être initiatique, selon Patrice Van Eersel. Il rapporte dans *la Source noire* que certains sortent métamorphosés du coma : ils débordent de vitalité, leurs névroses semblent avoir disparu, ils se sont enfin « trouvés », leur attachement excessif aux biens matériels s'est résorbé, leur existence a enfin un sens, plus jamais ils ne s'ennuient...

La mort cacherait une clarté, une beauté éblouissantes. Ce que, déjà, nous avait appris le *Bardo-Thodol,* le Livre tibétain des morts.

« O fils noble, au moment où ton corps et ton esprit se sont séparés, tu as connu la lueur de la vérité pure, subtile, étincelante, brillante, éblouissante, glorieuse et radieusement impressionnante, ayant l'apparence d'un mirage passant sur un paysage au printemps en un continuel ruissellement de vibrations. Ne sois pas subjugué, ni terrifié ni craintif. Cela est l'irradiation de ta propre et véritable nature. Sache le reconnaître. »

Il suffit d'une personne qui tienne vraiment à vous pour faire la différence entre vie et mort. Mais ne peut-on supposer qu'un enfant qui n'a pas trouvé sur terre l'accueil qu'il cherchait soit irrésistiblement attiré vers ce qu'il pressent, vers cette splendeur brahmanique décrite par l'Orient, vers la lumière ineffable de Walt Whitman ? Quand la vie vous semble piège, quand on se sent perdu dans l'abîme, exilé dans la nuit profonde et sans horizon... Tous les poèmes de Valérie petite fille parlaient du soleil et de la nuit...

Mais l'entourage, ceux qui ont trouvé sur terre assez de lumière pour éclairer leurs raisons de vivre, s'inquiète de l'état de Valérie. Elle est si sombre, si faible, mangeant à peine, mutique presque, comme si la boucle se refermait et qu'elle revenait au temps de la petite fille qui ne disait mot. Il faut à tout prix l'éloigner de la ville tentaculaire, angoissante, de ces médecins dispensateurs d'ordonnances, de ces pharmacies qui vendent à bas prix les paradis artificiels.

Les grandes villes n'ont rien de vrai,
Elles faussent le jour et la nuit,
Et l'espoir de l'enfant, la vie même des bêtes
Et leur silence ment et leurs bruits sont trompeurs[1]...

Le salut de Valérie est dans l'exil, hors des arrondissements, dans un vaste quartier, peuplé de forêts, de prés et de rivières. Elle ne connaissait pas la nature, la nature n'apparaît pas dans ses livres. Va-t-elle enfin reconnaître le cri de l'oiseau, la caresse du vent, découvrir à travers cet ordre implacable et neutre, à travers ce mouvement cyclique, lui aussi, mais, à la différence des autres, dépourvu d'agitation vaine et de bavardage, sa propre loi ?

Mais les anorexiques ne parlent jamais de couleurs, de sons, d'odeurs, comme si ces sensations étaient trop incarnées pour eux.

Comment, sans corps, percevoir le corps de la terre ?

Etrange condamnation. Etrange maladie qui voile la lumière présente pour une lumière supposée, imaginée, rêvée, dont l'attrait se fait impérieux et qui vous force à des actes, que l'on appelle suicidaires. Le refus de vivre

1. Rainer Maria Rilke, *le Livre de la pauvreté et de la mort.*

est-il volonté de mourir ? Est-il conscience d'une mort déjà mûre en soi ? Rilke, encore, écrit dans *le Livre de la pauvreté et de la mort* :

Car ce qui fait la mort étrange et difficile,
C'est qu'elle n'est pas la fin qui nous est due,
Mais l'autre, celle qui nous prend
Avant que notre propre mort soit mûre en nous.

Christine, l'anorexique, va enfin rencontrer sa correspondante Valérie. Il y a des années qu'elle en rêve.

Très petite, très maigre, en jeans noirs, Valérie l'attend, gare Montparnasse, à l'autre bout du quai. C'est elle. Elle a le visage de la couverture du *Pavillon.* Pas de formalités, un vague sourire.

— Ça te fait rien qu'on aille en banlieue ? interroge Valérie.

Christine est déçue. Elle ne dit rien, elle suit. Tant pis pour Paris qu'elle ne connaissait pas, qu'elle espérait découvrir.

De Montparnasse à Boucicaut, elles discutent à bâtons rompus, de tout et de rien. Puis elles s'installent sur le siège arrière de la voiture de G... qui les mène vers le nouveau refuge de Valérie, à la campagne.

Elle partage avec deux chats, un walkman et sa machine à écrire une vaste maison du côté de Chartres. Son frère et l'ami de son frère viennent régulièrement lui porter l'essentiel, cartouches de cigarettes et légumes frais. La maison est loin de toute pharmacie, de tout danger.

Dans la voiture, Valérie reste de marbre. Plus un sourire, plus un mot. Christine repense à des passages de ses lettres : « Elle m'attrapait parce que j'en étais encore à compter mes calories. Mais pourtant, elle aussi les comptait... Je me souviens d'une lettre où elle me disait qu'elle avait été en clinique et, qu'au lieu de prendre du poids, elle en avait perdu. Elle était toute fière d'elle. »

A T..., Christine ne tiendra pas plus de trois jours. Les phrases de Valérie sont autant d'attaques, couteaux dans la zone sensible :

— Une fois qu'elle avait parlé, il ne restait rien. C'était un véritable rouleau compresseur.

Quand Christine mange, Valérie l'accuse de n'ingurgiter que des « p'tites miettes ». Mais c'est ce qu'elle fait elle-même. Quand Christine se plaint de sa solitude, Valérie lui dit que le plus important dans la vie, c'est d'avoir un ou une amie. Mais elle-même n'en a pas.

La fatigue de vivre, qui pourrait les rassembler, les sépare. Deux solitudes longent la rivière qui coule au bas du jardin. Elles la traversent, pénétrant dans l'impudeur d'un bois qui clame la force de l'été dans toute sa maturité. Eté insolent pour qui ne peut vibrer à son diapason. Chacune lit dans le pas de l'autre son propre épuisement. « J'étais crevée », reconnaît Christine.

— Tu vois bien l'état dans lequel tu es ! lui dit alors Valérie.

« A la voir, elle était pas chouette non plus », se défend Christine.

La luxuriance de l'été leur donne la nausée et ses débordements les contraignent à s'asseoir. Silence de Christine. Elle a déjà tout confié par correspondance à cette Valérie Valère qui a exprimé publiquement les problèmes qui la minent intérieurement. Valérie laissait passer trois semaines puis lui répondait. Lettres d'anorexiques qui « ne regardent pas » les autres, les étrangers, à jamais enfermées dans le tiroir de Christine avec la cassette d'« Apostrophes » et celle de « Radioscopie ».

Quatre ans après, Valérie lui manque. Beaucoup. Mais en cet après-midi d'août, elle se sent, à ses côtés, mal à l'aise. Entre elles, le silence est épais :

— Elle était muette tout le temps.

Le matin, Valérie, bouclée dans sa chambre, écrit ; son autobiographie, commencée en juillet 1979, et un nouveau roman, *Verra M...,* histoire d'une petite fille dont les parents ne s'entendent pas, et que sa mère n'aime pas. L'après-midi, walkman collé aux oreilles, paupières baissées sur un livre, elle s'allonge sur la pelouse du jardin. Le soir, elles regardent silencieusement la télé devant un feu de bois.

— Une fois, sur la pelouse, je lui ai dit que je voulais lui parler. De toute la journée, nous n'avons pas dit un mot. Après, c'était le froid complet.

Mais était-ce à 4 heures du matin, lorsque, en manque de sommeil, elles se sont retrouvées face à face devant un café ? Valérie a enfin parlé. Du cirque, de l'écriture, de la vie...

— Elle aimait le monde du cirque mais elle avait arrêté pour écrire. Elle disait que les deux étaient une fuite parce que c'était un monde qui n'était pas la réalité. Elle est comme moi, elle ne voulait pas vivre cette réalité-là. Qu'on me parle d'activités, ça sonne faux chez moi. Je deviens tout engourdie. Valérie parlait de non-vie, c'était sa formule à elle. Tu vis mais tu ne participes pas à la vie du dehors. Alors que les autres participent... Elle voulait vivre une non-vie, ce n'était pas la mort.

Insensible, Valérie ? Evidemment non. Le lendemain de cette nuit où elles ont un peu parlé, Christine la retrouve en boule sur elle-même et en larmes sur les marches de l'escalier : Eric avait critiqué sa façon de cuire le chou-fleur.

— C'est pareil avec mes parents, dit-elle, une réflexion et je craque.

A la fois étrangers et hyperprésents au monde. Toujours en attente d'une reconnaissance impossible puisque méprisée. Solitude désirée et abhorrée. Comment vivre ?

— A vingt ans, on n'a plus de parents, avait encore confié Valérie, comme un regret. Le plus important, c'est d'avoir un ou une amie, avait-elle répété.

Christine n'a plus la force de rester. Elles se quittent froidement sans se dire au revoir. Elles ne se reverront plus.

— Malgré tout, j'ai l'impression que Valérie n'allait pas si mal. Elle faisait son linge, elle écrivait, elle se réjouissait de fêter son anniversaire. Mais je pense qu'elle a dû trouver le moyen de reprendre des médicaments. Elle était débrouillarde, elle trafiquait les ordonnances. Elle faisait des mélanges atroces. Elle voulait fuir.

Paris, 7 janvier 1983 (AFP) : « Décès de la jeune romancière Valérie Valère. Valérie Valère, auteur du *Pavillon des enfants fous,* paru en 1978, est morte subitement à l'âge de vingt et un ans, apprend-on vendredi chez son éditeur Stock.

« " Une force émanant de la toute-faiblesse ", écrivait pour la résumer Christiane Rochefort. Très douée, elle avait fait sensation dès son premier livre. Elle y retraçait sa cruelle expérience personnelle, comme anorexique, qui l'avait amenée, dès l'âge de treize ans, à être placée en psychiatrie et à subir un traitement, dont elle devait toujours rester très marquée.

« De nombreux jeunes s'étaient immédiatement émus à la lecture de ce livre et la jeune Valérie Valère recevait un courrier abondant. Des lettres sont encore, ces jours-ci, en instance. Le livre a connu huit traductions étrangères. Il avait figuré dans de nombreuses sélections de prix littéraires. L'auteur avait notamment été invité au Canada, pour la télévision, où, une nouvelle fois, elle avait fait sensation.

« Ce premier ouvrage avait bientôt été suivi de deux romans. Tout d'abord, ce fut, en 1979, *Malika ou un jour comme tous les autres* dans lequel elle résumait bien le monde des adolescents face à celui des adultes. En mai 1979, le jour même de son passage à " Apostrophes ", elle figurait dans une dramatique télévisée intitulée *Pierrette,* adaptée d'une œuvre de Balzac.

« Son dernier livre, *Obsession blanche,* évoquait le problème de la création et de l'écriture pour lutter contre la solitude. »

Depuis trois semaines, ses cendres ont été dispersées dans la mer (selon son vœu) lorsque l'annonce de son décès tombe dans le domaine public. Aucun média ne mentionne les circonstances mêmes de sa mort. Un silence qui laisse perplexe. « Quand comprendrons-nous, écrit Michèle Hello dans *le Monde* du 23 janvier 1983, que, à de rares exceptions près, la dépression nerveuse est une véritable maladie de la communication, que nous pouvons aider ces " blessés de la vie " ? Sans doute leur personnalité fragile nous gêne-t-elle et nous préférons les renvoyer à leur néant... »

On parle encore de la flamme légère qui s'est éteinte, de tous ces yeux qui brilleront devant les pages de Valérie Valère « que les adultes avaient trop fait souffrir pour que, sortant de l'adolescence, elle souhaitât durer parmi eux ».

L'auteur des *Pianos mécaniques,* Henri-François Rey, intitule sa chronique du *Figaro* « Morte de solitude » : « Elle était toute petite, elle ne savait pas se battre. On dit qu'elle ne savait pas vivre mais on dit n'importe quoi... Il y eut quelques lignes dans les journaux, sans doute parce qu'un jeune être qui meurt, c'est un inacceptable scandale. Mais il n'y eut que quelques lignes et Valérie Valère méritait mieux. D'abord parce qu'elle n'écrivit que trois livres et que tous étaient de haute qualité. Ensuite parce qu'elle appartenait à cette " race " de ceux qui fréquentent les hôpitaux psychiatriques et pour qui la porte de sortie n'est jamais franchement ouverte. Cette jeune morte, il ne faut pas l'oublier. Elle est un symbole, un exemple peut-être. Des milliers et des millions d'êtres jeunes exilés de notre commune planète sont, comme elle, morts ou en train de mourir. Mais à eux, leur cri reste dans la gorge. Ils n'ont même pas le droit de déranger. »

Il ne se trompait pas. « Ils » sont peut-être encore plus nombreux qu'à l'époque où il écrivait ces lignes. Ceux qui, malgré tout, en ce temps-là, s'exprimaient, se taisent aujourd'hui, noyés sous le flot des nouveaux gagnants. Et ils ne sont pas loin d'être « Valérie Valère ».

Après le bref passage de Christine, Valérie s'était retrouvée encore plus seule à la campagne. Les paysages sont des gravures aux teintes passées, vieillies. Valérie n'essaie plus de dessiner ou de peindre. Elle ne danse plus. Elle écrit, revenant inlassablement sur cette petite fille mal aimée. Consciente de tout ce qui lui échappe dehors, elle s'enferme dedans, la chambre close, l'être barricadé. Et la vague de l'angoisse monte, envahit chaque parcelle de ce corps maigre, le déborde. Les mots sont devenus impuissants à la canaliser : « Ecrire, c'est aussi une fuite. » La création ne suffit pas pour vaincre l'anxiété quand elle est essentielle et vous enlise dans les sables mouvants de la solitude.

Chacun a connu de ces passages à vide. Pour Valérie, ce n'était pas un passage mais toute une vie minée par l'angoisse qui rend trop lucide, qui vous pousse vers le désir d'une impossible fusion avec les êtres et les choses, qui vous interdit de jouer, que ce soit à l'amour ou à la réussite. Alors, tout semble faux, irréel. La réalité doit bien être quelque part. Si elle n'est pas ici, c'est qu'elle est ailleurs. Ici, Valérie l'a cherchée de tout son être. Mais un être blessé gravement qui la fuyait en la cherchant. Et chaque événement, comme une sordide musique répétitive, ravivait la blessure qu'aucun baume ne savait cicatriser.

Elle s'était épuisée dans cette quête d'une réalité rêvée, et donc condamnée à l'avance, à laquelle les adolescents doivent renoncer s'ils veulent franchir l'étape suivante, devenir adultes. Elle ne rêvait que de cet amour qui lui avait été refusé et dont elle savait qu'il allait à l'encontre des règles de la société. Elle ne se sentait plus la force de lutter, d'imposer son point de vue par l'écriture. Et, doucement, la vie s'est retirée d'elle. La veille, elle avait encore téléphoné à G... :

— Elle semblait plus déprimée que d'habitude. Il y avait de très longs silences.

Les champs sont recouverts de neige. La campagne, au diapason, est entièrement blanche. Cette nuit très froide du 18 décembre 1982 Valérie s'endort et ne se réveille pas.

« Le cœur a lâché », « Elle a oublié de vivre », « absorption abusive mais involontaire de somnifères », dira-t-on. Cependant, la terre continue de tourner : les autorités polonaises s'efforcent de neutraliser Lech Walesa, la baisse du dollar provoque de vives tensions au sein du système monétaire, Clara Malraux est décédée, annoncent les journaux du 18 décembre.

Verra M..., le dernier manuscrit de Valérie, est définitivement arrêté à la page 150. Et l'on a retrouvé son quatrième testament :

Je désire que mon corps après ma mort soit incinéré et que les cendres soient jetées dans la mer et ceci sans cérémonie. Pendant l'incinération, je ne veux comme seuls témoins que G... et mon frère. Je ne veux en aucun cas que mes parents (entre nous soit dit « simples géniteurs »...) interviennent ni ne demandent aucune justification de ma décision qui est irrévocable. Je souhaite que mes droits d'auteur soient utilisés pour la fondation d'une communauté thérapeutique pour anorexiques.

Le père de Valérie apprend la nouvelle du décès de sa fille beaucoup plus tard. Il ne s'est jamais occupé d'elle mais se plaint de n'avoir pas été averti plus tôt.

Apprenant la mort de son ancienne élève, Mlle Marmotin appelle la mère.

— Je me reproche, lui dit-elle, de n'avoir pas su garder le contact avec Valérie à partir du moment où nous avions renoué.

— Il n'y avait rien à faire, répond la mère. Quand quelqu'un est suicidaire, on ne peut pas le sauver. D'un bout à l'autre, sa vie a été un long calvaire. Sa fin ne pouvait être que dramatique. Je suis soulagée.

— Elle m'a semblée triste, mais pas spécialement culpabilisée, dit la demoiselle.

7

Rencontre avec Valérie Valère

« Lorsque le derviche Yak Baba entra dans le pays, il vit une femme qui portait une porte sur son dos.

— Femme, pourquoi fais-tu cela ? interrogea-t-il.

— Parce que, ce matin, avant de partir au travail, mon mari m'a dit : « Femme, notre maison renferme des objets de valeur ! Ne laisse personne franchir le seuil de cette porte ! » Lorsque je suis sortie, j'ai emporté la porte avec moi pour que personne n'en passe le seuil. Maintenant, toi, laisse-moi passer !

— Veux-tu que je te dise quelque chose qui te permettra de n'être plus obligée de porter cette porte sur ton dos ? demanda le derviche Yak Baba.

— Certainement pas, fit-elle. La seule chose que tu pourrais faire pour m'aider, ce serait de me dire comment en alléger le poids.

— Cela, je ne peux pas le faire, dit le derviche.

« Devant un tel malentendu, il poursuivit son chemin [1]. »

Sur un malentendu, tu nous as aussi quittés, épuisée par une quête vaine. Tes regards perçants ne rencontraient que des yeux que tu trouvais éteints. La densité de tes silences transformait toutes nos paroles en bavardages oiseux, futiles. Tu ne voulais pas devenir comme nous.

1. *Contes derviches,* Idries Shah. Courrier du livre.

Aujourd'hui encore, ceux qui t'ont rencontrée éprouvent un malaise mêlé d'admiration. L'une regrette que tu n'aies pas laissé au moins une tombe ou quelque plaque commémorative dans un funérarium : « Nous n'avons même pas le petit recours d'aller sur sa tombe », dit-elle. L'autre, après t'avoir évoquée, oublie sa voiture. Il dit qu'il a besoin de marcher, de prendre l'air. Comme si le souvenir mis en mots avait contracté les muscles de son corps, pesait à l'endroit du plexus solaire, ce carrefour de l'affectivité. Comme si chacun revivait le malaise ou la fascination qu'exerçait ta présence. Comme s'il se sentait à nouveau jugé.

Pourtant, jamais tu n'as dit de mal d'eux. Tu ne les jugeais pas. Ils se jugeaient.

A force de te « fréquenter » pendant de longs mois, je comprends que tu ravives en nous l'enfant terrible que nul n'a encore limité, éduqué. Cet enfant qui n'a pas encore eu le temps d'épargner ses parents, de les idéaliser pour ne pas risquer, en abîmant leur toute-puissance, de les perdre.

A force de vouloir te ressusciter, t'insuffler la vie, je finissais par te rêver : tu étais vivante. Guérie, comme beaucoup d'anorexiques, et pourtant la même : entière, lucide, infiniment tendre, si forte et si faible à la fois.

Nous sommes dans une brasserie du quartier Latin. Tu ris en secouant tes longs cheveux. Tu commandes une douzaine d'huîtres, des claires N° 2, et un muscadet, très frais.

Tu parles, tu te tais, tu dis que tu ne peux vivre sans écrire.

— J'écris une sorte de voyage à l'intérieur du corps humain, précises-tu. Le dedans, le souffle, le sang, les organes, les viscères, le squelette. L'intensité de leur vie dans un livre très court. Je voudrais, avec très peu de mots, réveiller les condamnés qui marchent à pas mesurés, visages neutres, voix inaudibles, serrés dans les bandelettes de la contrainte, emmitouflés dans les écharpes tricotées de mots tout faits qui colmatent les brèches de la révolte.

Tu évoques aussi ta mère dont tu as fini par te détacher :

— J'ai compris qu'elle n'était qu'une femme comme les autres, grain de sable parmi les grains de sable, à la fois responsable et irresponsable. Elle n'est plus qu'un maillon dans la chaîne des générations et le mal qui se répercute n'a pas d'origine précise.

C'est comme si tu avais renoncé à poursuivre ce ballon après lequel tu courais sans jamais pouvoir l'attraper. Et le ballon, de lui-même, s'est dégonflé.

— C'est peut-être triste, dis-tu, mais il prenait trop de place. C'est quand il a crevé que j'ai pu occuper la mienne. Depuis, je traque tous les ballons qui surgissent : les illusions, les fuites, les drogues. Je veux me tenir au plus près du réel avec les mots comme instruments.

Depuis que tu as commencé à entrevoir le monde que tu devais créer pour pouvoir respirer, tu « profites » mieux de la vie. Tu t'en nourris et elle te nourrit. Après le refus total, tu connais le plaisir de trier, de choisir.

Pourtant, la révolte essentielle demeure et le chant qui en sourd est d'un absolu dépouillement.

Mais je rêve... Tes cendres ont été dispersées dans l'océan. Et tes forces vives courent dans tes pages.

En général, les artistes puisent dans leur enfance malheureuse, oubliée, « refoulée ». Ils nous en restituent le climat à travers une mise en scène, des personnages, une intrigue. Clin d'œil, bouffée d'oxygène à l'« hypocrite lecteur, mon frère » qui n'empêchent pas la tragédie de se perpétuer.

Toi, tu nous parles en direct : tu nous accuses et meurs de ce que tu crois être notre surdité. Message d'autant plus redoutable que tu as utilisé tous les moyens qui étaient à ta portée. Dans les drogues et dans l'écriture, tu as cru trouver la compagne disponible (à l'inverse de ta mère), la compagne qui peut se prendre et se rejeter à loisir. Au risque d'en dépendre, au risque d'en mourir...

Tu vas voir, on dira, en haussant les épaules, que tous les enfants se rebellent, à un moment ou à un autre, contre leurs parents, que les parents sont toujours coupables, que, « le temps d'apprendre à vivre, il est déjà trop tard », que chercher le goût de vivre est aussi vain que la quête de la Toison d'or, qu'il y a une origine chimique dans tout malaise humain, que, depuis Diogène, l'homme est seul dans son tonneau, que Valérie Valère a refusé les mains qui se tendaient vers elle, et qu'il existe des enfants qui se suicident alors qu'ils ont des parents merveilleux. On dira aussi — tous les sondages le confirment — qu'une large majorité de jeunes donnent la priorité, dans leur attachement, à la famille.

Alors on dira de Valérie Valère qu'elle est un cas particulier, comme de tous ces êtres qui refusent de vivre et de mourir dans le camp de ceux qui ont raison. Comme ce garçon de dix-sept ans qui s'est suicidé dans sa mansarde en laissant un mot très simple : « Je ne peux pas vivre dans un monde qui triche. » Comme cette fille de vingt-trois ans qui, elle aussi, vient de mettre fin à ses jours : « Je croyais tout lui avoir donné, m'écrit son père, la santé, de bonnes études, une profession qu'elle aimait... Je l'écoutais mais peut-être pas avec toute l'attention qu'il fallait... Oui, je lui ai tout donné sauf l'essentiel, le goût de vivre... »

Le Monde note dans son édition du 25 février 1987 : « De plus en plus de jeunes se donnent la mort. Le suicide chez eux est devenu une deuxième cause de mortalité après les accidents de la route. » Dix mille morts par suicide en 1950, quinze mille en 1980, vingt mille en 1986.

Je ne crois pas que tu sois un cas particulier (ni

une « névrosée perverse », comme l'a dit Françoise Dolto à l'éditeur de ce livre), mais plutôt un être extrême, un être dont la rareté consiste à allier enfance et maturité.

Je ne t'ai jamais rencontrée. Pourtant, ta mort m'est insupportable.

Mort de l'enfant mûr.

Tu t'es à peine incarnée, juste le temps de marcher sur un fil entre ciel et terre, écriture forte, fragile, appel puissant à l'amour qui devient, pour tous les mal aimés du monde, message d'espoir. Espoir d'être mieux entendus, d'être ainsi délivrés de cette souffrance qu'ils partagent avec toi.

Tu n'étais pas une marginale. Pis ou mieux, tu étais à part, être d'exception qui reflétait autant qu'il animait une frange obscure, souffrante, angoissée et excessivement lucide de ta génération.

Ton âme passagère, si peu liée au monde terrestre, s'est glissée hors de la chair qui t'avait fait souffrir. Tu aurais pu, à la manière de Renée Vivien, nous laisser un dernier poème, en épitaphe, sur ta tombe :

Voici donc mon âme ravie
Car elle s'apaise et s'endort
Ayant pour l'Amour de la Mort
Pardonné ce crime : la Vie.

Tombes, épitaphes, c'est encore trop de traces pour Valérie Valère.

Tu n'as vécu qu'un seul jour, cette veille du jour des morts. Ton message d'espoir (la beauté, la vie, même rêvée, sont toujours espoir) te survit.

Pourquoi meurt-on toujours de donner la vie ?

Je remercie Gabriel Gonin, héritier spirituel de Valérie Valère, qui m'a fourni des éléments biographiques ; Christian de Bartillat qui a eu l'idée de ce livre ; tous ceux qui ont connu Valérie et m'ont parlé d'elle ; A. M. Métaillé, que je cite, pour son éclairage sur les années 60 ; Chantal Chawaf pour le soutien moral qu'elle m'a apporté.

TABLE

LE XXe SIECLE CHEZ PERRIN

Amecourt (R. d')
Le mariage de Mademoiselle de la Verne
Autin (J.)
Foch
Bartillat (C. de)
Clara Malraux
Bertin (C.)
La Dernière Bonaparte
Jean Renoir
Boisdeffre (P. de)
Histoire de la littérature de langue française des années 30 aux années 80 (2 vol.)
Brissaud (A.)
Mussolini (3 vol.)
Castellane (B. de)
Mémoires
Chalon (J.)
Le lumineux destin d'Alexandra David-Néel
Chiron (Y.)
Maurice Barrès
Courtine (R.)
La vie parisienne (3 vol.)
Decaux (A.)
Dossiers secrets de l'Histoire
Nouveaux dossiers secrets
Les Rosenberg ne doivent pas mourir
Alain Decaux raconte (4 vol.)
L'Histoire en question (2 vol.)
Les heures brillantes de la Côte d'Azur
Les Assassins
Destins fabuleux
Decaux (A.) - Lochon (F.)
Le Pape pèlerin
Diesbach (G. de)
La princesse Bibesco
Edwards (A.)
Katharine Hepburn
Erlanger (P.)
Clemenceau
Francis (C.) - Gontier (F.)
Simone de Beauvoir
Gallo (M.)
Le XXe siècle
L'Italie de Mussolini
Et ce fut la défaite de 40
Grey (M.)
La campagne de glace
Mon père, le général Denikine
Guitry (S.)
Si j'ai bonne mémoire
Jadoux (H.)
Le théâtre et l'amour
Laot (F.)
Juan Carlos et Sophie d'Espagne
Leamer (L.)
Ingrid Bergman
Le Révérend (A.)
Un Lyautey inconnu
Meyer (B.)
Grace
Buckingham story
Les dames de l'Elysée
Poisson (G.)
L'Elysée, histoire d'un palais
Popot (J.)
J'étais aumônier à Fresnes
Rabaut (J.)
Jean Jaurès
Rimbaud (C.)
Le procès Mendès France
Robichon (J.)
Nouveaux grands dossiers du IIIe Reich
Schifano (L.)
Visconti
Smith (B.G.)
Le XXe siècle de Mme Lucie, concierge à Paris
Windsor (duc et duchesse)
L'amour souverain

ACHEVÉ D'IMPRIMER
SUR LES PRESSES
DE L'IMPRIMERIE S.E.G.
33, RUE BÉRANGER
CHATILLON-SOUS-BAGNEUX

Numéro d'édition : 780
Numéro d'impression : 3652
Dépôt légal : mai 1987